小文艺·口袋文库

小说

成 为 你 的 美 好 时 光

小文艺·口袋文库

小说

报告政府

韩少功

上海文艺出版社

目录

报告政府

枪手

报告政府

一

　　那天晚上闷热。警察把阿龙送进二号仓，把我带到九号仓。我还在回想阿龙刚才回头时恐怖的眼光，就听到一声大喝，"进去！"

　　身后有关门的哐当巨响，把我一个趔趄送进了黑暗。我在黑暗里摸索，瞳孔好一阵才慢慢适应昏黄光雾，渐渐看清了这里的砖墙。房子高得像一口方方的竖井。沉淀在井底的一些活物醒过来了，纷纷坐起来，或者站起来。

二三十颗人头中，年轻人居多，也有几张皱纹脸。他们大多剃着光头，目光一齐落在我身上，透出一种发现猎物时的饶有兴趣。

"又来了一盘菜。"有人打着哈欠。

"带了什么危险品？"这句话像是问我。

我摇摇头，也不知道该不该摇。

"你是不是冬瓜头的人？"

我还是摇摇头。

没有人踹我一脚或者给我一耳光。这就是说，我刚才摇对了。也就是说，刚才这些话确实是问我的。

有人拽走了我腋下的棉毯。还有人开始翻我的衣袋，又在我的腰身和胯裆里摸了两把，一直捏到我的脚跟。他们肯定很失望，就像刚才搜我的警察一样，一边搜一边骂骂咧咧，气不打一处来。我此时真希望身上复杂一点，比方有成千上万的赃款被他们一举查获，起码也要有点凶器或者白粉什么的，让他们搜得顺心一些。我固然清白无辜，但总不至于乞丐一样可怜吧？

可惜，我眼下偏偏就像个乞丐，很没面子，

很没内容，只有刚领到的旧棉毯，一支牙刷也只剩半截。警察警惕一切金属物品，担心牙刷把也可以磨尖，长度足以抵达心脏，只给我一个没把的牙刷头。

"脱鞋！"这一命令好像也冲着我来。

我的鞋子肯定也让他们扫兴。鞋底里没有什么夹层。一双胶鞋不是什么名牌，好几个月没洗了，一定臭气冲天。

"对不起了，各位兄弟，我今天什么也没有，很不好意思。不过，过几天家里人会来看我的。我知道该怎么办。我一定不会让你们各位失望。今天请你们多多包涵……"我的声音哆嗦。

"还懂规矩么。"一个小脑袋对我阴阴地一笑，"不过你今天搅了老子的好梦，早不来晚不来，老子一梦到表妹你就来。"

这能怪我么？

但我得为此事抱歉，得为此点头哈腰。我从没见过这么多光头，没见过这么多邪恶的笑。也许是太拥挤，还刚进夏天，他们全光着油旺旺的大膀子，喷出一团团酸汗气，像一种半生半熟夹须带毛的咸肉刚出蒸笼。他们生活在蒸笼里，脾气想必高热和膨胀，哪怕是一句好话出口，都是凶狠狠的烙人。目光这么一盯，就能在我的身上戳个洞。咧开大嘴一笑，热浪就能在我脸上燎起火泡。想一想，这些阎王爷要收拾我的话，那还不就是捏死只蚊子？

"各位兄弟，各位大爷，我确实是冤枉，确实倒了大霉。是他们抓错了人。我不过是偷看了一下妓女。"

"这家伙偷看妓女！"有人大叫一声，引起再一次哄笑。

"我身体不好，从小就贫血，三岁得过脑膜炎，八岁得过肺结核，十八岁时的体重还不到一百斤。我今天从早上到现在还没吃过东西……"我信口胡编，想引起他们的同情。

"少啰嗦，你在外面打什么工？"

"记者，实习记者。"

"那你是大学生？"

"当然。"

"偷了文凭吧？"

他们又笑。有意思，记者也坐牢，教授也

坐牢吧？什么时候抓几个教授来，让我们也听听教授放屁，看是玫瑰屁还是茉莉屁。有人这样说。

二

我注意到他们当中的一个人，一直伏在大床台的那一端，旁边有两个人正小心侍候他，一个给他打扇，另一个在他背上按摩，把他侍候得皇帝一样，只差没站上几个太监和嫔妃了。这个人一身精瘦，撅着颗小屁股，背上和胳膊有刺青文身，是梅花或鳄鱼什么的。一只眼混浊不明，还有点斜视，因此两眼放出的目光处于交错状态，一道正面射过来时，另一道朝右上方斜过去了，照管着墙上一个堆放杂物的隔板。我注意到，犯人们笑过以后都把目光投向他，似乎在恭候脸色和指示。

他懒懒地哼出一句，"说话乖巧，鹊子嘴。会唱歌吧？"

我不知道他交错的目光到底是在看哪个方向。

小脑袋立即冲着我大吼："问你话呢！聋了？"

"是问我么？"

"当然是问你。"

"是问……唱歌？"

"就是！问你能不能唱歌！快说！"

"能，当然能。"

"唱一个听听，唱那个……莫斯科。"

床上又丢来一句懒懒的圣旨。

我还是犯糊涂，不仅没法对接发令者交错的目光，而且不大相信自己的耳朵。莫斯科，是指《莫斯科郊外的晚上》吧？这是什么意思？枪战片突然切换成烹调节目，夜总会里冷不丁分发儿童课本，一定是视频信号乱套了。但几个犯人不容我检查视频，又冲着我大吼：大哥要你嚎春，你耳朵打蚊子？你娘的敬酒不吃吃罚酒？是不是要我们给你提提精神呵？……有人揪住我的耳朵，朝我屁股踢了一脚，让我把腰伸直一点，把胸挺高一点。他们只差没有塞来一支话筒并且升起大幕。

可这哪是唱歌的时候？哪是唱歌的地方？

这里没有舞台也没有伴奏，甚至没有一口干净清爽的空气。这还是在地球上吗？我的母亲我的未婚妻我的朋友们是否知道我在这个鬼地方？这还是在人世上吗？我的母亲我的未婚妻我的朋友们此时正在何处？一天来的逃跑、抓捕以及审讯过去了，录像带快进式的让人眼花缭乱，我突然定格在这昏暗的灯光下，一头扎进这个汗气滚滚的蒸肉堆里，已经身软如泥和心如死灰，哪还有心情走向莫斯科手风琴声声的郊外？

　　　深夜花园里四处静悄悄
　　　只有树叶在沙沙响
　　　……

　　我不能不唱，不能不打开僵硬的口腔。眼下就算是要我在粪池里扎猛子，好汉不吃眼前亏，我也只能闭着眼睛捏住鼻子往里扎了。我的音色和腹部共鸣一定镇住了他们，刚唱出两句，斜视眼就眼睛眨巴眨巴，一条缺水的鱼，在歌声的滋润和浇灌之下重新有了活气。他兴冲冲地在床上一跃而起，推开打扇和按摩的小伙计，找出一个笔记本，在本子里翻找着什么。也许是找到了熟悉的地方，兴起的地方，他情不自禁地跟着嚎上一嘴。虽然我紧张得有些气短，声音有时也飘忽，但他并没有什么不满。后来我才知道，相对于我的跑调，他的声音更是完全大撒把，一声嚎上去，又一声嚎下来，再一声嚎上去，一台没有方向盘的坦克，在人口稠密区横冲直撞，一再把我的旋律碾压得粉身碎骨。

"唱！再唱！还有第三段，妈妈的你唱呵——"

他碾得很开心，眉开眼笑地再点一首《亚洲雄风》。等我唱起了头，照例不由分说地上来添乱，每嚎出一拍就重重跺出一脚雄风，发出叭叭的响声。这还不够，他把几个塑料板瓢翻过来当作架子鼓，筷头在上面敲出鼓点，一扬手，筷头敲错了地方，敲到周边的脑袋上，敲得那些人吐舌头，做鬼脸，也嘿嘿嘿地跟着他发癫，放出一些牛喊马叫。

《妹妹你坐船头》更使他心花怒放，一身

皮肉浪荡。他把一条毛巾缠到头上，又用衬衣
在衣襟里塞出两个大奶子，在床台上扭腰肢，
撅屁股，抛媚眼，抹刘海，再加上一些洗澡搓
背或者骑马扬鞭的动作。有个犯人把一只鞋子
递给他，他就把鞋子当作话筒，拿出大歌星的
爱心，与台下听众一一亲切握手，包括把我的
手也捏住摇了两下，赢得了满场的大笑和鼓
掌——犯人们抓住任何一个机会拍他的马屁。

　　我没料到监仓里有这种疯狂，但庆幸他们
已经忘记了我，入牢时免不了的毒打，看来让
我躲过去了。

　　高高监视窗上传来一声怒吼，"闹什么闹？"

　　"报告政府，我们……在歌颂祖国和伟大
的党。"不知是谁在讨好。

　　"吃多了是吧？伙食标准太高了吧？"

　　大家朝窗口看了一眼，突然收声，各自偷
偷溜回自己的床位。我还有半支歌在喉管里，
也只能吞回去，迅速关机。

　　谢天谢地。我关机了。一台多功能多碟位
的肉质三四总算可以撒尿了。我喉干舌燥，头
昏眼花，找到了我的旧棉毯，找到了我的一只

鞋和另一只鞋，开始寻找厕所，再寻找今夜的容身之处。我没有料到的是，当我跨过一些头脚交错的人体，蹑手蹑脚来到水池边，哗啦一声，两个纸包砸在我的脚跟前。

回头一看，是小脑袋冲着我一笑。"大学生，强哥赏你一个夜宵！"

哇——周围几个面黄肌瘦汉子都有狗鼻子，刷地一下坐起来，嫉妒的眼光在那些纸包上生根，口水的吞咽声丝丝入耳。

"对不起，对不起，我今天从早上到现在还没有吃东西……"我看看他们，来不及犹豫，更无心慷慨，两眼一鼓，喉头一滚，两块方便面，还有两支火腿肠，顷刻间就在我嘴里不知去向，连嗝都没有一个。我不相信自己已经吃过了，更无法知道方便面与火腿肠有何区别，只知道眼前的包装袋里确实已经空了。这就是说，我刚才吃过了。

"纸！"一个汉子大喝，指着我的纸袋。

我不知什么意思，把纸袋给他。

他接过纸袋，伸出灵巧的长舌，把纸袋里的面屑和油渍舔得干干净净。

到这时，事情算是完结了，一点希望也没有了，其他汉子这才快快地躺回去。其中有一个大概馋得恨恨不已，装作伸懒腰，把我狠狠踹了一脚。

我痛得好半天没有透过气来。

三

当时的监仓里又破又脏，简直是个垃圾站，既没有后来才有的电视和电扇，也没有后来才有的电视监测眼。在大部分时间里，这里是没人管束的自由世界，打架放血是家常便饭，拉帮结伙弱肉强食是必然结果，牢头也就应运而生。新犯人入仓，先得饱挨一顿杀威拳，从此服服帖帖效忠牢头，是第一堂必修课。

我听说过这种不成文的规矩。从进门第一刻起，我的膝盖就一直在发软，背没有伸直过，好几次差一点尿裤子。我没料到几首歌把最恐怖的第一夜混过去了，没料到牢头是个世界上最不懂音乐的音乐狂，没有什么心眼，刚好掉在我的饭碗里。也许我可以继续用唱歌稳住他，套住他，让他忘记杀威拳这回事。

第二天早上，我睁开眼，看见了一个陌生屋顶，不知自己在什么地方。过了好一阵，我才确证这是一个屋顶，是我往后天天要看到的屋顶。我拍拍脑袋，明白了自己身边不会有床头灯和电视遥控器，不会有牛奶和苹果，更不会有未婚妻的留言纸条……倒是有一只男人的大脚，带着一圈脚气病白花花的皮屑，还有脚趾间触目的黑泥，横蛮地堵住了我的嘴。

你他妈的脚往哪里放？我正准备开骂，突然想到昨晚上猛踢过来的脚，就是这只脚吧？莫不是一个杀人犯的脚？这一想，我再次避开它，宁可忍气吞声，不能惹是生非。

在脚的那一边，亮了一整夜的那盏昏灯之下，人影晃动着。有洗脸的声音、水盆相撞的声音，还有各种骂人的粗话，更有大小便劈里啪啦的喧嚣。我忍不住鼻子一酸，心想事情怎么成了这样呵？我好歹也是个大学生，好歹也是个发表过作品的歌坛新秀，甚至还快混成局长的乘龙快婿了，怎么一晃眼就睡在这大小便的声音里？我不会永远睡在一个公共厕所吧？

天啦，我当初不该去华天宾馆。我不了解小余他们，真以为他们只是去看看妓女，不知道他们是冒充警察敲诈勒索。我看见他们从宾馆大门里仓皇逃出，在一片"抓骗子""抓骗子"的喊声中跑得比老鼠还快。其实，当时我应该继续挑选我的歌带，继续喝我的可口可乐，不该跟着他们乱窜。我没诈钱，跑什么跑？有必要跟着他们跑吗？那一刻我肯定吃错了药，无异于做贼心虚，自跳火坑，送目标上门，刚好被真正的警察抓了正着。要命的是，我皮包里有一支走私手枪，虽然只是玩物，虽然在我手里从没真正用过，但成了这个案件最重要的物证。我跳到黄河里也洗不清了。

有两个同案犯逃脱了。在把他们抓获归案之前，在他们能够证明手枪的来龙去脉之前，我浑身长满嘴也没有用。我现在唯一能做的事，就是时刻祈祷他们早一点落网归案，虽然这种祈祷很不义气，很卑鄙小人，但此时此刻我别无选择。我一失足成千古恨，不可能回去关闭我的电饭锅了，只能听任桶里那只小乌龟活活饿死了，也没有机会把门钥匙柜钥匙箱钥匙交给未婚妻了。我捶自己的脑袋，掐自己的皮肉，但无论怎么掐也没法把时间掐回案发之前，没法把幸福的时光掐回去，让地球倒转一个圈。

"开饭啰——"

门外传来吆喝，还有走道上木桶和竹箩拖动的声音。其实，早上是不开囚饭的。只有那些在加餐卡上存了钱的人，有亲属心疼着和资助着的人，才可以吃上私费加餐，否则就只能饿着。我看出来了，这里的大部分人同我一样，只能舔舔舌头，吞吞口水，准备把空空肠胃扛下去。我还看出来了，牢头当然是例外。不管是谁点来了面包还是牛奶，点来了油条还是面条，首先都得贡献在他的面前，任他挑选和享用。等他吃饱喝足了，包括他的左右副手也跟着吃饱喝足了，剩下的才属于进贡者。只有到了这一步，他们终于等到了牢头的一个眼色，从远远观看的位置走过来，把残汤剩饭端回到那个角落，弓着背，缩着头，饭勺在饭盆刮出哗哗声响，不会有任何怨言。

我现在知道他叫黎国强，九号仓的一个统治者。仓里所有人的钱都是他的钱，所有人的财富都是他的财富。

他瞥见了我，把我叫过去，笑眯眯地丢来一个面包，让我受宠若惊。

"你说，谭咏麟算不算得上一条腿？"

"应该说，当然……"我揣度着他的意思。

"你实说，坦白从宽！"

"那还是……算得上的……"

"为什么？"

"人家音质好，呼吸控制得不错，有美声的底子。"

"不愧是记者！"他高兴地转向众人，"你们听听，我说谭咏麟是条吃菜的虫，不会比张学友差。你们这些猪耳朵还不服？"

有几个犯人应付了一丝干笑，表示认下了这猪耳朵。

他斜斜地瞥我一眼，"你以后就是我们这里的谭咏麟，是我的收音机。懂不懂？不过，昨天晚上我困了，没顾得上打你。"

我一口面包卡在喉头没吞下去，呆呆地盯住他，不知道他是什么意思，不知道他的分叉交错的目光里何处藏有真意。

"开学教育是不能免的。"

"求求你高抬贵手，放过我吧。"

"我第一次进仓，被别人放血，躺了三天。"他半躺在床上，架起一条腿，目光投向屋顶。

"大哥，我求你，我得过肺结核，还有脑膜炎后遗症……"

"要是怕挨打，那你就去打别人。"

"我从来不会打架，从来没有打过架，你看我这手杆，同鸡爪子一样，一打肯定骨折。"

"那怎么办呢？"他目光发直，"你以为这里是国宾馆？要你挨打，你又怕痛。要你打别人，你又手杆子细。好好好，这样吧，你就冲着这墙壁撞头，撞两下可以，撞一下也可以，咚咚咚，撞昏就行。这总可以了吧？"

我不敢相信还有这种优待，还没撞墙，两眼已经发黑。"你行行好。我以后天天为你唱歌行不行？说实话，我可以教你发声，教你识谱，教你唱气声。我会唱谭咏麟的《都市恋歌》、《雾之恋》、《曾经》、《永不想你》、《水中花》……"我把能想到的歌名都想到了。

他不耐烦了，再一次转向众人，"读书人

就没有四两骨头，胯里不长毛，天天要阿姨喂奶吃。"

仓里的人大笑。

"他还不如老子的那条狗！"

要打！要打！要打！犯人们都兴奋起来。他们已经看出了领导意图，纷纷举手请战。强哥，把他交给我！黎头，我好久没锻炼身体了！大哥，我昨天输了三根烟，正憋着一肚子火哩，再说我还从来没打过大学仔，今天得尝尝鲜了……毫无疑问，这些家伙都挨过打，都有一肚子冤情和苦水，眼下好容易找到报复的机会，找到了恶毒施暴的对象。何况昨晚上我一个人独享夜宵，刚才又吃面包，差不多是无功受禄越级提拔，正使他们妒火熊熊群情激奋。

牢头一个面渣团子射出去，正中一个人的鼻尖，算是指定了打手。

四

打手就是那个小脑袋，昨天晚上给我夜宵的汉子。我这才发现他又黑又瘦，好像被人拧干了水，晒上几天，再拿去酱腌火熏，就成了这样的腌腊制品。他的嘴巴看上去没有嘴唇，不过是割了一刀，又薄又紧的皮层因此炸破，嘴巴就永远炸成了一个半开。要是笑一笑，他半张脸上都是牙。

我希望他不要过来，但他走过来了。我希望他们只是说说而已，希望小脑袋突然一笑，或者是牢头突然一笑，然后气氛完全缓解，大家接下来该干什么干什么。但我发现没有人笑。恰恰相反，小脑袋眼里透出满足和快活，兴冲冲地一步步向我放大。所有的人都跟着他拥了过来，你推我挤地争抢最佳观赏位置，似乎要细看我如何挣扎和扑腾，如何成为一只被放血的小鸡——这只鸡已经被对方一把揪住了领口，来了个全身向上的伸展运动。

"你是要长痛还是短痛呢？是要多留只手呢还是要多留只脚？"我没有听懂小脑袋的这句话。

"对不起了，我们前世无冤来世无仇，今天只是公事公办。"他叹了口气，"看你白嫩白嫩像个女仔，我也不想下重手。要不这样，你喊我三声老爸？"

仓里一阵狂笑,还夹着拍掌和跺脚的声音。不,要他做狗爬,要他钻胯,要他吹鸡巴!要他吹鸡巴!要他吹……

安静了。

其实不是安静了,是我在重重一掌之下失去了听觉。我感觉到自己在空中飘游,眼前只有几道黑丝静静飞旋,有些小虫子在爬动。在那一刻,也许我太恐惧、太绝望、太悲愤,一掌之下已经昏了头。不过昏了倒好,恐惧没有了,一下打没了,倒是有了魂飞魄散时全身上下的自行其是。我事后才知道,我不敢反抗但事实上反抗了,不敢出手但事实上出手了,虽然毫无获胜的自信但事实上一拳捅向了小脑袋的裤裆,操起一个饭盆又砸向他的脑袋,还飞起一脚猛踢他的胸口——这都是人们事后告诉我的,是我不怎么相信的。他们还说我把小脑袋的头揪着撞墙的时候,声音竟像擂大鼓,但我也没听见。他们说我一口咬破了小脑袋的手,但我回忆不起这个血淋淋的情节。

总而言之,一段任人填补的空白记忆之后,

我鼻孔里鼓着血泡，扶着墙喘了好半天，勉强伸直了腿。我以为事情还没完，以为脑袋和背脊还要迎接更沉重的打击，但不知道为什么没有人向我动手。我把目光聚焦，把几个人影看清了，发现小脑袋不见了。左右看了一阵，最后发现他躺在地上翻白眼，正被几个人用凉水冲洗。

他怎么了？他是被我打倒的么？我不知道，只知道自己嘴里咸咸的，一吐，骨碌一下吐出一颗牙。

我摇晃着走向水池的时候，犯人们都给我让路，给我递毛巾，给我舀水，还有人给我塞鼻子的棉花团，争着大献殷勤。还有人朝旁人大喊："你妈妈的欠打？还不快点去拿盐来！"我突然意识到，他们是在为我冲盐水。这就是说，我胜利了。的确胜利了。我胜利了所以也就是人上人了。我从此在这里也是个不好惹的角色了，不需要再看这个那个的脸色，不需要再弓着腰避让着这个那个。我终于用一颗牙和满口血泡泡的代价打出了面子和威风他娘的想怎么咳嗽就怎么咳嗽想怎么吐痰就怎么吐痰！

我吐出一口血，用冷水毛巾久久捂住自己的脸，把嘴里的突然冒出来的一声大哭捂住，捂住，捂回去。

没有人知道我的泪水。

"谁再来试试？来呀！来呀！"我疯了似的大叫。

我只听到一片掌声。

可怜小脑袋过于轻敌，竟一个跟头栽在我面前，被我打得无脸见江东父老。他从此失去了在仓里的原有地位。不仅大家都笑他这一身伪劣皮肉，这一条无用的尿胀卵，黎头也只能顺从民意，觉得他连一个读书仔都降不住，便废了他的要职，不再负责保管方便面和火腿肠。他还受罚洗厕所一个月，受罚滚下了床台，搬到厕所边去开铺——那是全仓最差的位置，又潮湿，又脏，又臭。

他从此沉默寡语，偶尔咳嗽，背也弯了几分，只是很负责地擦洗茅坑。人家说那里已经擦干净了，他还是闷闷地擦。人家邀他玩扑克，他摸着摸着牌，一不留神又溜去擦茅坑，弯曲的背脊线在隔墙那边一冒一冒，让人莫名其妙地好笑。

他就没机会再把自己的尊严和地位一架打回来？据说他犯的是伤害罪，一铁铲把老婆的奸夫拍出了个脑震荡，又把自己的老婆一铲砍断了腿。这罪照说不算太重，他自己以前也不当回事，口口声声出狱以后还要追着狗男女再打，要一剪刀阉了那两个骚货。但自从擦上厕所以后，他就像换了个人，成天嘀咕着什么。旁人仔细一听，才知道他嘀咕着老婆要来害他，嘀咕着老婆会串通这个那个来害他，包括串通奸夫那个当县长的舅舅。某警察对他白了一眼，高墙外突然来了一部汽车在叫，某个犯人无意间绊了一下他的脚，在他看来都是他老婆串通正在成功的证明。

他还嘀咕着自己肯定没法活着回去，为此惶惶不可终日，总是注意着日历。据说每到重大节日之前，警察总是要毙几个罪犯，那么他肯定逃不掉。他还总是注意着伙房那边的动静。据说每到杀人之前，伙房里就会半夜里起来早早做死因饭，切得萝卜或者南瓜嘣嘣响，那肯定是为他准备的。

　　每到这个时候，他就睡不着了，早早地起床，洗脸，抹身子，换上他一件皱巴巴的酸菜西装，是他当优秀售货员时的奖品。他还要对着水池里的倒影刮胡须——可惜监仓里不可能有剃刀，他找来一块玻璃片，在脸上刮来刮去。胡子没刮干净，脸上倒刮出了一道又一道血痕，像几道胭脂没有抹均匀。

　　这个胭脂脸站在仓门前候着，一候就是一两个时辰，直到仓门打开时，警察是来提别人问话或接见，不关他什么事。

　　但下一次，一听到伙房里大清早嘣嘣嘣地切菜，他又会去水池边刮脸。

　　最后，警察也觉得他有点问题，带他去了两次医务室，又把他调到了另外一个仓，看换换环境对他是不是有好处。我再也没有见过他，只知道他姓朱，外号贵八条，不知是什么意思。我曾经向送餐人员点了一份红烧肉，指定送给十六号仓的他，但我不知道他吃到了没有，吃到了多少。我希望那个仓的牢头能够多少给他剩一口。我更不知道这份肉会不会吓住他——他不会以为这是警察送来的死囚饭吧？

五

有很多这样萍水相逢的人，让我至今没法忘记。我还认识一个人，是个真正的死刑犯，外号"大嘴巴"。

那年头的死刑犯，一审宣判后就要上枷——不是戴脚镣，更不像现在戴那种五公斤以下的轻镣。脚枷又名"脚棒"，有传统文物的味道，粗大笨重，工艺简单，有点像铁路上的枕木，由前后两半合成。枕木中挖出了两个洞，枷住犯人的两只脚，使犯人无法走动，甚至难以站立，确有画地为牢之效。枕木两端有螺丝紧固，只能用特别的工具才可拧开。

这种脚枷可以防止死刑犯自杀，做出狗急跳墙的什么事，保证行刑的子弹在法律规定的那一天不会嗖嗖嗖地扑空。

大嘴巴一进仓就戴上了这种大脚枷，让我感觉到胸闷和胸堵，心里一阵阵发毛。当时警察带来两个"劳动仔"，就是那种已经结案的轻罪犯人，可以参加劳动的那种——警察让他们帮助大嘴巴洗澡，换衣，喂水，乒乒乓乓地上枷。大嘴巴还听老警察说了一些宽心的话，神情比较稳定，频频点着头。老警察分派我给他写上诉书时，他朝我淡淡一笑，算是感谢。

突然，警察发现脚枷的一个螺帽不见了。"螺帽呢？还有一个螺帽呢？谁拿了，赶快交出来！"他冲着大家吼。

没有人回答。

"不交出来是吧？搜出来罪加一等，你就死定了！"

还是没有人回答。

警察的目光投向小斜眼，"看见螺帽没有？"

黎头不满这种目光，懒懒地说："你搜么。"

对，搜！搜！搜吧！搜出来就剁爪子！搜出来就挑脚筋！搜出来以后坐老虎凳灌辣椒水！……光头们幸灾乐祸地大叫，好像都与这事无关，一心帮着警察愤慨。

警察有点疑惑，把大家的脸扫了一遍，大概估计这里一池浑水不浅，只好大事化小，自己找台阶下，带着两个劳动仔扛上脚枷走了。

不一会，他们扛来另外的一副，是一副旧

枷，大概是用的时间长了，两个脚洞久经磨损，已经变大了，也润滑一些，戴枷人会比较舒服。

看着大嘴巴面色舒展了一些，我才明白螺帽是怎么回事——肯定是刚才有人对那副新枷恨恨不已，与警察暗中斗法略施小计。

我不知道这事是谁干的。一直到我一年多以后离开这个鬼地方，也不知道这事是谁干的，就像我不知道监仓里很多秘密，按规矩也不能打听这些秘密，永远也不能说出这些秘密。比方我不知道为什么看守所有那么高的围墙，拉了那么多的电网，装了那么坚实的铁门，连一只蟑螂都混不进来，但居然还有蜡烛、香烟、味精、酱油、白酒混过了关卡，甚至有锉子、钉子、刀子、淫秽画片这些严重违禁品混进仓来。有的女犯竟然还在这里受精怀孕——这是一池永远不会澄清的浑水，你没法明白其中的全部故事。

六

警察带着劳动仔走了。大家一窝蜂凑到了

大嘴巴面前，打听着他的来历和案情，原来他是个挖煤工，被矿主克扣了两年工资，往上告状，没把对方告倒，反而被矿主派人毒打了一顿，脑袋上的伤口缝了八针。他就是这样起了杀心。

他倒也不怎么后悔，说柴收一炷烟，人活一口气，他这一口恶气是出足了，值！太值！法官曾告诉他，他只杀了六个人，不是他夸大的七个，因为有个孩子并没有死。他一听就惊讶，"怎么没杀死呢？我补了一刀呀。"法官给他出示受伤者的照片，逼他承认杀人不够七个的事实。他看着照片直跺脚，扇自己的耳光，"他不是那个伢吧？他怎么会是那个洪家老三呢？他活得好好的呀。老天！我要是没有斩草除根，他长大以后肯定会欺负我家笑梅！"

黎头历来敬佩杀人犯，听完案情以后两眼放光，给大嘴巴一个劲打扇，只是在后来的日子里，一激动就把大嘴巴"吴大哥"错叫成"高大哥"或"赵大哥"，叫错名字的时候不少。他命令手下人给大嘴巴喂饭，给大嘴巴揉脚和揉背，让死刑犯享受与自己差不多的上等人待遇。抬着大嘴巴去茅坑的时候，他干部参加劳动，撅着屁股，抬着脚枷的一端，一二一二一二地喊着口令，让大家步伐协调，防止东拉西扯。其实，他有点过分地多事。他不用这么吆喝，大家也能走得整齐的。看大哥便秘的时候，他表情再多也帮不上什么忙，一个劲地咬牙切齿，人家还是拉得出就拉得出，拉不出就拉不出。

"对不起，得罪你们了，我只能来世相报。"大嘴巴微微撅起屁股，让我屏住气息给他擦拭。在那一刻，我发现他突然汗如水洗，大概对别人擦屁股这一点紧张万分羞愧不已。

"说什么屁话！我们谁跟谁？"黎头不习惯他的客气。

大嘴巴不哭，不呕吐，不失眠，不拒食，不狂喊乱叫，没有死刑犯通常有的那些毛病，甚至对上诉也不感兴趣。他戴着脚枷端坐，只是经常呆望着高高的窗口，呆望着窗外的一孔天空，惦记着自己的家，特别是一个刚满八岁的女儿。一见日头偏西，他就说这个时候他家笑梅要放学了。一见太阳东升，他就说他家笑梅要上学了。这些话说了无数遍。他还说他以前每次从矿上回家，笑梅都要在村口等他，因此现在一闭上眼睛，就能看见女儿远远的眼睛。高墙外有一丝小孩的叫声传来，他都会浑身一震，然后说："这个伢可能也是八岁左右，是个女仔。"

这些话说得我心酸。

有一次，黎头给他一袋五香牛肉。他把小小真空袋放在手里搓捏好半天，正反两面反复看，说笑梅还没有吃过这新鲜玩意。他希望我以后找人把它带出去，捎给他女儿。

"你自己吃吧。"

"不吃了。再过三五天，我就要走了，还吃它做什么？"他摇摇头。

我听出"走了"一词不是去指散步或逛街或上班，吓了一跳，极力安慰他："你不要胡思乱想。你的上诉会起作用的，高院会考虑的，他们不是已经来问过话了吗？有个记者不是还说要为你说话吗？……"其实，我也知道这些安慰空空洞洞，我替他写的那份上诉毫无说服力。

他苦笑一下，说他杀人太多，杀得太毒辣，说上天，说下地，也是该抵命的。人民政府不杀他就是太无道理了，太不像个政府了。是不是？他只是有点怕死的时候太痛，样子也太难看。他听他老爹说过以前枪毙土匪的事，据说一梭子弹打过去，土匪的天灵盖就飞起几尺高，像旋出一顶什么圆帽子。还有一个女土匪，一阵枪声之下，两只漂亮的眼珠蹦上天，最后挂在树梢上，在太阳光下晶晶发亮，被小孩子当作野葡萄。

他问我："你说，人有灵魂吗？"

"我不知道。"

"我要是哪一天死了，能看见已经死去的亲人吗？"

"我不知道。"

"我要是能够投胎，能投到黄柏县高井乡去吗？你晓得吧？我家笑梅怕狗，上学不方便。我要是能变条狗，就可以护一护她。你说是不是？我要是变条狗，就可以在她门外转来转去。你说是不是？"

我激动地抓住他，"来日方长，有朝一日我出头了，一定去看望你女儿。只要我碗里有，就不会少她一口。你放心吧。"

"你是大恩人。我在阎王那里也天天为你烧香。"

他挣扎着要给我叩头。因为木枷绊住脚，他搅得咔嗒一声，没法站起来，只是额头在手铐上点了一下。

七

他走的那一天清晨，铁门突然咣啷大响，把我从睡梦里惊醒。几支白炽强光灯照射过来，使我什么也看不清。好容易躲开了强光的直射，我看见小脑袋又被来人推到一旁，看来今天还是不关他的事。他的胡须又一次白刮了，新衬衣也是白换了，早早起床也是白费工夫了。

几个武警士兵知道自己的目标，一进门就径直奔向大嘴巴，没等他洗脸和刷牙，就把他连人带枷抬起来，缓缓向门外移去。

大嘴巴转动颈根，朝我斜斜地看一眼，算是最后告别。

"兄弟，兄弟，你慢慢地走呵。"我鼻子一酸，轻轻地说，也不知道他听到了没有。当时仓里太乱，脚步声和吆喝声响成一片。因为牢门窄，脚枷长，士兵们无法把他平抬着出门，就将枷举起来倾斜了一个角度。这使他的最后出门是一种杂技动作，四肢舒展，在空中慢慢翻旋，有一种太空人遨游天宇的姿态。他叫了一声，"唉哟——"大概是脚踝被脚重枷别痛了。我事后回想起来，这一声轻得像蚊子叫，却是一个人留给九号仓最后的声音，真真切切地扎在我心里。

"你们手脚轻一点。"我忍不住请求那几个兵哥。

"听见没有？手脚轻一点！"有人却在我身后大吼。

仓里一片寂静。兵哥们回过头来，几支白炽灯到处照，寻找着叫声的来源，最后照在斜视眼的脸上。他抄着手靠在墙边，对白炽光既不退让也不躲避。

"你凶什么？想造反吗？"一个当官模样的人冲上去，手枪狠狠对准了他的前额。这等于给出一个信号。室外突然发出一片哗啦啦子弹上膛的声音。我到这一刻才发现，高高的监视窗外，全是武警士兵们警惕的眼睛，还有黑洞洞的枪口。放风室那边也是一片应声而起的子弹上膛声。原来那里的天窗盖早已掀开，监仓像一口竖井暴露在旷野，井口周围布满岗哨，只是我们刚才并不知道。一见这边有反常事态，那边开始紧急增援，井口上整整一圈射灯全部打开，白炽光铺天盖地倾泻而下，刺得我们睁不开眼睛，照得连任何一只蚂蚁也无处藏身。井上的兵哥们纷纷大吼："不准动！不准动！两手抱头！全部蹲下去！都蹲下去！……"

我们都吓得抱头蹲下去了，只有黎头还是横着一只眼，额头紧紧顶住手枪，甚至顶得军官退了一步，"我要你们手脚轻一点！这是抬人，不是抬猪！"

"反了你？对抗执法，格杀勿论！"

"你杀呀！杀呀！孙子！"

"你以为我不敢杀你？"

"老子今天就是想死！你不在我脑袋上打十个洞，我同你没完！"

黎头今天已经疯了。

他断不会有好果子吃的。我的心已跳到了

喉头，怕军官一气之下，稳不住指头，黎头的脑袋就真要穿个洞，透透风，一注鲜血喷上墙。如果再加几个当兵的稳不住指头，我们大家今天也会一阵狂舞乱跳，落下全身的筛眼。幸好此时有一警察插上来。"强仔你疯什么疯？找死吗？你有几颗脑袋？今天要不是没时间了，非整你个出屎不可！"他哗啦一声把黎头双手铐住，算是搅了局，然后招招手让兵哥们离开。

　　一道道白炽电光也渐次熄灭，门外和屋顶的嘈杂脚步声陆续远去。但我们都没说话，也没话可说，一直等到天放亮，等到一块方形霞光从监视窗斜斜地照进来，然后在砖墙上移动，拉长，变形，变成不规则的长锥形，最后变成一束稀薄而涣散的斜线。高墙外有远远的一声牛叫，吓了我一跳：是大嘴巴报来什么消息吗？大墙外又有远远的几声打桩机轰响，又吓了我一跳：是大嘴巴咚咚的心跳吗？还有一个声音，初听像小孩叫声，细听像小孩叫声，听来听去，发现它确是小孩的叫声。

　　我发现，原来任何一种熟悉的声音都会变得陌生。

送餐人员来吆喝了，但没有人打门要餐，也没有人拿自己的东西来吃。我们只是呆呆坐着，说不清自己为什么难受。

这一天我做了个梦。我梦见自己把一支粉笔当作香烟，把粉笔的一端蘸上红墨水，就成了点燃了的烟头。我叼着这支假烟，很像一个便衣警察，大摇大摆地往门外走去。警察们没看出我嘴上的假烟，没看出我狡猾地隐藏在一支假烟之后，一个个都向我微笑，点头，打招呼，傻乎乎地纷纷让路，听任我迈着八字步走出了第一道大门，走出了第二道大门，一直走到了大街上的人海里，一路上如入无人之境。

我醒来以后，不知这个梦是什么意思。

八

那时候没有室外放风制度，只是每个监仓配一间放风室，两室之间有门相通，像个左右套间。遇到天气好的时候，警察揭开放风室的天窗盖，差不多是掀掉整个屋顶，让阳光穿过粗大的钢筋栅栏投射下来，散一散室内的潮气和臭气，就算是放风了。这比室外放风要安全得多，简便得多。警察们肯定是这么想的。

一般来说，水池与厕所也在放风室里，不过看守所超员羁押，每个放风室总是躺着密集人肉，相当于客厅和厕所都成了卧室。

除了去接见室或者谈话室，我们被六面墙团团包围，从不能越牢门半步，眼里既没有草木和泥土，更没有以前生活中的人面。接见室里墙上的一个圆家伙，是叫挂钟吧，很像一个挂钟吧，经常能陌生得让我吓一跳。我发现自己差一点忘记了挂钟，于是紧张地试着回忆以前一切熟悉的人名、地名、物名，试着想象那些东西的形状、颜色以及气味等等，担心这一切会变得模糊涣散，在这个六面墙的洞穴里逐步消失，漏到地底下去。

放风室里那一块方形天空，如果能够向我们开放，就是我们平时唯一能看到的世界了。那里可能有一只麻雀停栖，一只蝴蝶停栖，或者是蓝天里有一丝白云悠悠飘过，让你忍不住要东想一下，西想一下，其实什么也没想。我总是试图抓住这块天空中的任何一丝变化，努力推想外面的季节、环境以及可能的生活情景，确证这个洞穴还在世界上，还没有被世界抛弃，没有坠向太空中越来越远的深处。

别看有些人嘴硬，其实没有人不怕坐牢，没有人不怕自己落在这一块方形天空之下。一到了这里，眼光有极度的饥渴，灰色的日子漫长得让人发疯。哪怕是最硬的汉子，从接见室里回来，在半夜里醒来，都可能忍不住两行泪水。哪怕是最文雅的书生，为了半碗剩饭，或者一个烟头，都可能在这里勃然大怒大打出手，越活越像头野兽。

打架在这里是常事。很多时候，你不知道是光头们为什么而打，甚至不知道是什么人打什么人，只知道仓里一眨眼就地动山摇昏天黑地，像夯地机一通电就开始抽风抓狂。有时候你甚至觉得每个人都在向其他人开战，每个人都是见人就打，没有什么营垒和阵线，打来打去也没有目的。一场恶战下来，有人少了几撮头发，有人的手腕换了个角度。但完成这一切以后，大家一哄而散，该睡觉的睡觉，该搓脚的搓脚，如同什么也没发生。

　　警察们对这些差不多司空见惯，有时候抓两个打手到院子里教训一番，也管不了下一回。他们甚至问不出什么结果。不光是打赢了的不会说，挨打的也绝对嘴紧，总是露出一脸茫然，与囚友们面面相觑，好像这里一片祥和太平，没有什么事值得政府操心。至于他们嘴边的血污，肯定都是自己"摔伤的"或者"碰伤的"，不值一提。

　　世界上有很多动物园。但这里是人的动物园，是人们恢复利爪、尖牙、尾巴以及将要浑身长毛的地方，是人们把拳头和牙齿当作真理的地方。你不服气吗？还想来点喷上了香水的什么人格呀、尊严呀、民主呀、法制吗？还想像抹了胭脂口红的少先队员那样来呼唤爱心与和平吗？拉倒吧。我在一本书上读过：猴子有猴王，蜜蜂有蜂王，鱼群里也有头鱼，没有平等可言。特别有意思的是，头鱼大多数是残疾，不是身经百战伤痕累累，就是有点神经分裂症或者更年期综合征，因此特别顽强和凶猛。养鱼人知道这一点。他们通常会故意把某条鱼搞残疾，这样它就可能成为头鱼了，就能使鱼群得到秩序和安定了。没有头鱼的鱼群，只是苟活一时的零食。

我们的头鱼也是残疾。我看过他接到的起诉书，给他写过上诉材料，知道他刚满二十岁，是乳臭未干的小毛头，照理说只合适在街上卖卖报纸，擦擦皮鞋，扛一桶矿泉水爬上高楼，是赚点小钱的那种人。但他居然当过大街上的菜刀队队长，在南门口到新新商厦一带颇有名气，断过两根肋骨，背上有三四条刀伤，可说已身经百战。这一次入狱的事端，就是一刀捅进人家的胸脯，只因为刀子被骨头卡住了，实在拔不出来，才没有再捅一刀，留下了对方一条性命。

不过，从我认识他起，我倒没见他动过手，大概他人小威大，一般用不着自己亲力亲为。我曾经好奇他的威从何来，老少犯人们也说不大清楚，甚至觉得这个问题很奇怪。这样说吧，他敢于在枪口之前与警察叫板，言人之不敢言，为人之不敢为，就是一种大威。他可以把图钉尖朝上，然后一巴掌把图钉拍进自己的手心，也是一种血淋淋的威。他还可以与人打赌，一口气吃下两袋味精,吃得嘴唇都乌了,两眼发直,全身有一种触电后的痉挛,脑袋不由自主地朝两边甩,那当然更是一种疯狂的威。

他还吃过一斤生猪肉。据说他喂养过大狼狗,给大狼狗喂生肉,发现吃生肉的狗最勇猛、最凶悍,自己也就跟着吃。

凭着这一切,小斜眼享有至尊的地位和无边的权利,在监仓里咳嗽一声,就有全仓的鸦雀无声。不仅早上有人替他打水和挤牙膏,不仅晚上有人替他铺床,他喊一声"电扇",就有人给他大摇蒲扇,他喊一声"收音机",我就得放下手里的事情,赶紧给他开机和选台——虽然少了一颗门牙,但得播放出各种男声和女声,高声和低声,再加上前奏和过门的各种音乐。包括沙锤、钢鼓、长号以及萨克斯,全都行云流水上天入地并且闪耀着伟大艺术的光辉。我捏住一只鼻孔大摇手掌,摇出的二胡颤音,自己也觉得十分动听。

"我也见过苏什么,苏芮吧?"他淡淡一笑,"那次我在广州同几个弟兄扯扑克,吮吮吮,把他们打得两眼黑,一个个滚到桌子下面。听说有苏芮的演唱会，我召了一部的士直奔越秀公园。我到那里发现没有票了，咔嚓，老子给门卫一个眼色,刷,两张纸往他口袋里一塞……"

我发现他描述往事时，一高兴起来，最喜欢用象声词，就像话语里夹进一些打击乐。比如递眼色是"咔嚓"一声的，塞钱是"叭"的一声的，还有灯光亮了是"咣当"一声的。他的开心事都是铁罐子木桶子，在脑子里碰撞出一路的声响。我相信，他的偶像一定更热闹无比。刘欢是大胖子，出场想必是轰隆一下。程琳是瘦小精灵,出场想必是吱溜一下。费翔英俊潇洒，目光肯定锐利得刷刷刷。邓丽君小甜妹的脚步呢，必是咿呀咿呀在心窝子里揉。

"你怎么一嘴的打击乐？"

"什么打击乐？"他睁大眼。

"也就是递个眼色，咔嚓一下做什么？"

"我咔嚓了么？"

"你刚说的，自己就忘了？"

"你胡说。"

"我怎么胡说？要是有个录音机,叭叭叭,全给你录下来！"

事后一惊，我也学会了象声词"叭叭叭"。这真是没办法，同他一起混久了，我脑子里也多了些莫名其妙的动静。

他虚心地向我学唱音阶，学识简谱，还记下了很多歌词，记在两个笔记本上。笔记本花花绿绿，一些歌星头像的剪贴，来自破报纸旧杂志。一些用彩笔描出来的山水、花朵、青松翠柏什么的，装点着各种歌词。其中大部分是流行歌，无非是爱情呵泪水呵小雨呵花朵呵昨天呵黄昏呵孤独呵，粉红得厉害。他的错别字太多，总是让人连读带猜，硬着头皮看甲骨文。

但他的五音不全一次次让我失望，糟践艺术的恶习更让我经常气愤。《恰似你的温柔》在他嘴里恶声恶气，成了掐死你的温柔。《酒干倘卖无》开头两句本来是："多么熟悉的声音，伴我走过了多少风和雨……"但他心里一邪，常常唱成"多么恐怖的声音，陪我多少次抽脚筋……"还有一首《听妈妈讲那过去的事情》，里面有两句："我们坐在高高的谷堆旁边，听妈妈讲那过去的事情……"他一高兴就唱成"我们坐在高高的骨灰缸边，听妈妈讲那锅里的烧饼……"

他有时还强迫大家一起来糟践艺术。有一个福建籍的老光头，把任何歌曲都当安眠曲，谷堆旁也好骨灰缸也好，他一听就呼呼入睡，放出尖锐的鼾声，使歌手觉得大煞风景。

黎头对他从来没有好脸色，看他上厕所就脚下使绊子，有一次还借口那家伙把"馒头"发音为"慢猴"，对闽南方言勃然大怒，说这老货进仓两个月了还不会普通话，简直不是个人，命手下人扇他两耳光。

"到底是馒头还慢猴？你说！"小斜眼揪住对方的耳朵。

"馒头，馒头！"

"再说一遍。"

"馒头！"

黎头这才松手。

说实话，这里不是播音室，普通话就那么重要？何况黎头自己的京腔也是狗屎团子。但大家敢怒不敢言，身处牢头的淫威之下，折磨着自己口腔舌头，还是尽力挤压出一句句中国外语，反而让人没法懂。

同样道理，监仓也不是军营，把口杯放成一条线，毛巾挂成一条线，棉毯折得四方四正有棱有角，这些黎头立下的规矩也十分可笑。他一时心血来潮，是不是要把我们统统培养成纪律严明的特种部队？是不是要争创模范卫生单位？我后来也蹲过别的仓，当劳动仔时还到过其他仓干过活。我发现很多监仓一点组织纪律也没有，犯人们吃饭时分成三国四方的这一"锅"那一"锅"，有了纠纷时找不到联合国，找不到维和部队，一口饭都吃不安稳。那些监仓更没有卫生执法和语音学执法，文化档次太低了，经常乱得像狗窝猪圈。这样一比，九号仓虽然也是奴隶社会，但至少是个比较整洁有序的奴隶社会。我对此似乎不应有什么怨言。

九

因为会嘤春，黎头对我比较器重，有时拍拍我的肩，赏我一支烟，或者一个没吸完的烟头，让我止止瘾。他经常对我没头没脑傻笑一下，没有什么下文。见我胡子长了，觉得我不讲卫生，面容很不艺术，拿来一个牙膏皮做成的胡夹子，定要为我夹胡子。他不知为什么对夹胡子有极大兴趣，曾在很多人脸上操作这种手术，并且享受了充分的快感，因此决不会放过我这个工件。但他哪里是夹，分明是扯，是揪，是野蛮施工，夹得我的两腮一阵阵麻辣烫，实在痛苦难当。但再痛这也是领导的关怀么，再痛也比挨打要强么，我只能忍着，说他夹得好。

他有时也要我给他夹，指导我操作牙膏皮的技术。奇怪的是，不管我如何夹得重，他眉头都不皱一下，从没什么感觉。

夜晚太漫长，仓里有时会举办晚会，叫花子穷快活一下。他在这时总是把我叫到他身边坐下，权当是他的艺术参谋长，行使评审节目的大权。其实这些节目都算不上什么，除了唱唱歌和讲讲笑话，剩下的就是瞎胡闹。一个叫"老猫婆"的走走猫步。一个叫"唐老鸭"的学学鸭叫。一个叫"老鼠"的就在人缝里钻来钻去，在旁人的膝盖下或胯下"打地洞"。一个叫"雄鱼头"的没什么好表演，就在地上翻筋斗，嘴里胡乱吼上一通，听上去不像是雄鱼倒像是林子里的狗熊……这些动物名字都是黎头派定的。他觉得张某某胡某某这些名字太复杂，叫起来也没意思，不如一律简化为动物，或者简化成"收音机"、"电扇"、"楼梯"一类工具，世界就简单得多了。他觉得世界上有动物的名字和工具的名字，就足够了。

如果节目出尽时间还早，他就要大家摔跤打架。

锻炼身体，保卫祖国！
锻炼身体，建设祖国！

动物们和工具们高喊口号，各就各位，摩拳擦掌，一边号叫一边撕咬和扑打——这就是九号仓以武会友的每月擂台。黎头一高兴，召集我这样的评委，评出一等奖、二等奖、入围奖什么的，相应地奖出饼干或者香烟。说实话，有了这种物质刺激，没有哪个不会眼睛红红地发起猛攻。

这一天我们疯过头了，只顾着跺脚和鼓掌，没注意牢门不知什么时候开了，更没有注意鬼子偷偷进了村。当时我们取笑一个败下擂台的麻子，正在大声背诵一首骂麻子的民谣：筛，天牌，烘篮盖，雨打沙台，虫子蛀白菜，石榴皮翻过来，长街烂泥走钉鞋，满天星斗无云遮盖……我突然看见坐在对面的几个人空张着嘴，一脸的表情凝固，这才领悟到我身后发生了什么。

回头一看，是车管教那一张阴沉沉的脸。

要死，今天怎么这么巧！他脸上也有两三粒阴麻子。

"念呵，怎么不念了？"他笑着问大家。

我们不敢吭声。

"普通话说得比我还标准么，朗诵也很整齐么。是不是想到北京去汇报演出？"

有人急忙献上两个苹果，想讨好或者通融一下。"报告政府，我们是笑邱麻子，绝对只笑他一个人。我们对您是无限尊敬和无限热爱的，吃了豹子胆也不敢同政府作对。我们觉得政府今天好靓丽，好光彩……"

这真是越描越黑，揭疤抹盐，气得车管教一脸通红，啪的一下打掉苹果。"聚众喧哗，违犯监规。说，谁带的头？"他把我们的脸一张张看过去，指着我们的电棒一直在颤抖。"好吧，你们不说，你们有种，给老子玩邪的。把这里当成了渣滓洞和白公馆？想玩一盘宁死不屈永不变节是吧？要迎接解放绣红旗是吧？嗯，想得好，很好。只是都没睡醒。"

他嘴皮包住两颗暴牙，一个小脑袋支着两只招风耳，一看就是个机灵人，阴毒主意不少的人。老犯人都说他平时惩罚人的方式花样百出，一只蚊子专咬你的脚踝骨，一根刺专扎你的指甲缝。这一次，他的想象力还不算丰富，没有罚我们到院子里的水泥地上暴晒，也没有罚我们去跪瓦片渣子，只是用电棒逼着我们继续玩游戏。玩法当然要改一改：围坐一圈，击鼓传花一样打耳光，算是互相醒脑，集体受教，不用他来动手。

"不打不成人呵。"他语重心长地说。

大家对新玩法不很适应。一耳光打给下方，下方本能地跳起来反击，耳光就没法往下传，整个规矩就乱了。只是经车管教再次教练，大家才慢慢克服本能，眨眨眼，想一想，弄明白自己出手的方向。这样，一阵噼噼啪啪下来，总算把耳光传得很顺利，但人已经晕了一半。

在他叫停之后，我几乎没听清他说什么，只听到最可怕的一句：再玩！

又是几轮耳光传递，大家都头昏眼花，渐渐有点看不清了。天旋地转之中，我觉得旁边有个家伙的上身与下身已经错位，另一个家伙的脸则窄成了一条线，黎头则在一个劲冲着我笑，身子一张纸片似的在风中飘摇。我肯定也是傻了，大祸可能就是在这一刻铸成。

不知什么时候，有了锁门声，是车管教走了。我还没来得及高兴，扑通一声来了个狗啃泥。

"你这个臭杂种没王法了！"我听到黎头在大叫。

我后来才知道他是骂我。我后来才知道事情是这样的：刚才我坐在他上方，耳光都扇在他脸上，早已使他怒不可遏。一不留神就把他打重了，更使他狂怒无比。可我有什么办法？我也是受害者呵，被我的上方打得更重呵，左脸早成了一个热面包。我那一刻只惦记着身后晃悠的电棒，哪还管得住自己出手的轻重？

他揉着自己的腮，狠狠地啐了我一口。动物们和工具们立即遵令上前，一张棉毯蒙住了我，对我来了一通黑打。这些王八蛋落井下石，冤不找头债不找主，把我当成了今天的出气筒。

十

黎头是个半文盲加法盲。他的上诉书我根本没法写。如果我告诉他，杀坏人与杀好人都是杀人，在法律上同罪，没有什么不同，他一定会惊讶得两眼圆睁，好像我是一个火星来客，头上顶着鹿角，两腮支着鱼翅。

如果我告诉他，法律就是法律，一般不考虑强盗在打杀时是冲在最前还是躲在最后，在逃跑时是溜得最快还是撤在最后，在分赃时是比较贪心和还是比较大方……法官不会在强盗中评选劳模，而且越是有劳模品格的强盗，有时越会遭到法律的严厉打击。他对这种说法肯定更会惊讶得缺氧，好像我不光是个火星来客，而且一步步精确计算，硬是把一加一算成了一万。

这样说吧，他也许知道什么是犯罪，但脑子里另有一套歪理邪说，出口就是胡言乱语不着边际。比如他看不上贪污受贿，不是因为别的什么，只是因为它武不武，文不文，只是依仗权势和关系，不劳而获欺世盗名，好汉不为也。他也看不上盗墓、扒火车、撬井盖、割电线，不是因为别的什么，只是因为它们太累人，简直是重体力劳动，搞得一个个黑汗水流，气喘吁吁，就像乡下的农忙，一点都不爽。用他的话说，可以流汗的地方满世界都是，那些鸟怎么喜欢流汗？怎么不到祖国大西部去搞开发？

他最蔑视的罪行要算嫖娼了，尤其是"因公嫖娼"——这是一个嫖娼犯的说法，指消费公款的公关接待活动。

这个嫖娼犯是个山东大汉，仪表堂堂，算得上小帅哥。他刚来我们仓时，对门十四号仓的牢头还通过劳动仔捎来口信，说这家伙有钱，是老七的好朋友，要黎头多加关照。黎头还算讲规矩，一开始就让嫖娼犯当上了上等人，可以随牢头一起进餐。对方也够朋友，面子大，一来就获得管教批准，带来了四箱饼干和面包，两箱鱼干和咸鸭，外加两箱矿泉水，差不多满满堆了一个屋角，让全仓的伙食标准大大提升，令众人喜出望外。只有雄鱼头有点悲从中来，美美地咬了一口咸鸭，感叹他儿子没跟着他享上福，恨不得儿子也来蹲仓。

"哎呀，他上次帮别人销赃，本来是可以进来的。后来就是工商局插一杠子，只判了个罚款！"雄鱼头遗憾地说。

不过，嫖娼犯太多话，一旦吃饱喝足就开吹，说这个城市最大的立交桥就是靠他引进资金建起来的，说这个城市的新机场也是靠他的关系才得以立项。他还认识市长、厅长、中央军委秘书、国务院副总理的媳妇等等，同他们三天两头就要在一起吃饭的。尤其是同黄副省长一家人，几十年来从不分你我，五粮液一喝就是半箱，一瓶瓶地吹，咚咚咚，开五粮液就像开矿泉水。他说形势发展太快了，他现在正操心两个新项目。一是要把港口整个卖给美国，一共卖十二个亿，一个子也不能少。这事已经谈得差不多了。二是要把整个城东区的改造承包给日本公司，由他来做第二轮主谈代表，这样不仅可以在这里再造一个香港，还可以解决十五万人的就业问题，让全市的经济增长至少增加两个百分点……说到这里的时候，他还捡一块枯泥，在地上画出新开发区的轮廓，说金融区在哪里，电视塔在哪里，哈佛大学的分校在哪里，迪斯尼乐园在哪里，沿湖绿化带是什么模样。一些犯人围在他身边，撅着屁股看规划，对画在地上的新生活啧啧惊叹，充满了无限向往。不过有时也问出比较愚蠢的问题，比如迪斯尼是什么意思呢？这让嫖娼犯一阵好笑，不过最后还是耐心给予解释。

当时，小脑袋还没有结案，一直以为自己是死罪，虽然听不懂嫖娼犯的话，但模模糊糊知道是好事来了，还知道模模糊糊的好事与自己无关了，于是更加悲哀，一连两天没怎么吃饭。

很多人已经看出嫖娼犯的身份不凡，忍不住凑到他身边，向他打听一点有关法院和官场的情况，希望他帮个忙，关心一下小弟的案子。他倒是个热心人，有求必应，不仅详加询问和指导，还闪烁其词地许诺，比如说："你的案子我会注意的。"或者说："你放心。我事情再忙，时间再紧，该管的事还是一定要管。"或者说："你不要急。你在这里安心改造。等我出去以后，我看看，我看看……好像王处长是管这一方面的吧？要是王处长不管，刘处长肯定会管。"他没有说明王处长和刘处长是谁，没有说明他找姓王的或姓刘的要干什么，但这一类含糊已经足够，已使很多人深受鼓舞。

"你说这事还要等多久呢？"有人这样问。

"唉，不会太久了，不过要紧的是政策还没有落实到位呵。"这种回答不知所云，只是让旁人一头雾水，又不好再问。

黎头本来也想去问问案子，但一直没怎么听懂对方的话。"市场化的体制框架还要进一步完善"，"这件事必须经过党委的集体研究"，"普法教育一定要落实到基层"，这一类奇怪的话灌下来，黎头只能目光迷离哈欠连天。

对方说到什么单位和人，还总是不忘了指明级别：看守所，顶多是个副科级吧；建设银行的分行，顶多是个副地厅级吧；福海寺的智海法师，算什么呢？他有什么样资格坐二点零的广州本田？怎么可能有那个待遇？这个事，宗教局也不来管一管，都是白吃饭的官僚，太不应该了，太不应该了！——他愤愤地把矿泉水瓶子狠狠地摔向墙角。

黎头吓了一跳，回头对我说："这家伙脑袋进水了吧？"

"听他口气，倒像是个干部。"

"干部就这样子？那还不把老百姓统统搞蠢？"黎头十分困惑，也十分不满，"这号鳖，只有用扫把抽屁股，用鞋底抽耳光，逼他每天挑一百担大粪，他就会讲人话了！"

我从黎头的眼里看出，有什么事情要发生了。

十一

黎头夹光了胡子，梳齐了头发，以水代油把头发抹亮，换上一件洗过的衬衫，兴冲冲地召集众人审案。这种审案其实也是娱乐，无非是让犯人们各自交代案情，可能的话，还要表演案情，比如盗劫犯表演撬锁盗车或者飞檐走壁，诈骗犯表演假钞调包或者扑克调包，扒手小偷则表演两指神功，包括在开水盆里取硬币——没等你看清楚，五分钱硬币硬是从水盆里夹了起来，手指还真没烫着。这一切让我大开眼界。

在我看来，这些老老少少其貌不扬，其实是高手如云，在这里岗位练兵，经验交流，犯罪综合素质必将大大提高。

见大家已经表演完毕，黎头把目光投向嫖娼犯，意思是现在轮到你了。

嫖娼犯一惊，有点意外地红着脸，浑身上下不大自在，假装糊涂地朝身后看一看，发现身后没有人，实在没有可以拿来误解和搪塞的东西，就说时间不早了，睡觉吧，睡觉吧。

牢头巴掌一抬，"怎么？看弟兄们不来？不给弟兄们面子？"

"兄弟，我那点事能做不能说的，怎么上得了台面？再说你们也肯定看过黄色录像带，还能不知道那点子事？"

"我们今天就要是看录像带。"

"看立体录像带！"有人追了一句。

"我年纪这么大了……其实要不是为了公家利益，要不是为了引进外资，我会去干那种事？"

"你是不是一胯的梅毒疮，怕我们看见吧？"

"别开玩笑，别开玩笑……"

大家笑了。我这才听出，黎头今天出言不逊，有点来者不善，大概是存心杀一杀对方的气焰。其实，嫖娼犯牛皮哄哄，但为人不算太坏，至少对弟兄们还算大方，黎头为何没有容人之量？我不敢把这话说出口，只是看着嫖娼犯插翅难逃，不敢抗命，忸忸怩怩好半天，马马虎虎脱了一下裤子，算是应付差事。黎头见大家都笑了，没再说什么，抽完一支烟就去睡觉。

还算好，小斜眼今天没有太为难对方，大概是顾及对方的年龄和身份。但接下来的日子里，嫖娼犯颇有挫折感，不怎么说招商新项目了，好像当众脱过一回裤子，暴露了一下小如蒜头的玩意，让众人大为惊异、失望以及蔑视，实在很没面子，再谈改革开放就不大合适。他探头探脑，坐立不安，只是频繁与警察和律师交涉，一天之内去接见室好几次，有时在门口与车管教嘀咕一阵，很神秘的样子，还借对方的手机打过一次电话。

他打过电话以后很高兴，满脸笑容哼着戏腔。我问他为什么这样高兴。他连连搓手，说他的律师很得力，他的朋友也很帮忙，花了几万元捞人跑案，也就是为他疏通关节。现在形势大好，副省长的大公子都出面过问了，他大概过几天就能出去了。他喜不自禁地夸耀：他一出去就可以上狗肉馆喝啤酒。世界上只有狗肉最好吃，尤其是那种小狗，从笼子里揪出来，毛茸茸的，一棒一个，打得它口吐鲜血，马上剔毛下锅。

要不是我一个劲给他使眼色，他可能还会大冒傻气地憧憬下去。我事后告诉他，黎头正好喜欢狗，尤其喜欢大狼狗。

黎头这时正巧走过来了，不过没有说狗。

"你说你过几天就出去了？"

"嗯啦，快了快了。"

"到底过几天？"

嫖娼犯赔上一个大笑脸，"估计……也就是三五天吧。"

"三五天？三天还是五天？"

"可能……五天吧。"

"这是你说的。"

"我估计，估计是这个数。"

　　黎头哼了一声，"好，我就给你五天。你记住了，你要是五天之内没出去，你就是撕毁合同。"

　　对方不太明白这话的意思，看看我。我也不大明白，看看牢头，发现他吹着口哨又去了墙角，再次练起了俯卧撑。

　　仓里的气氛变得有点沉闷。大家感觉到了什么，对老嫖客表现得有些疏远，至少不大怎么同他套近乎。这一点嫖娼犯自己也感觉到了，眼里总是透出不安和疑惑：到底会发生什么事？一天接上一天，接上一天再接上一天，当他发现自己的饼干也没人吃的时候，也没人找他说案子的时候，试着去讨好牢头，要送给对方一件毛衣，说好歹是个患难与共的纪念。

　　这件毛衣看来质地还不赖，对方倒没怎么拒绝。

　　第五天晚上，嫖娼犯在厕所里洗完澡，抹了点头油，提着毛巾兴冲冲走出来，突然发现仓里鸦雀无声，几十个光头围成一圈，都盯着他。

　　"你们……"

　　"不玩扑克呵？来来来，扑克在哪里？"

他见没人回应他的笑，不知该怎么办。

"矮下！"有人突然发出怒吼。

更多人的吼声跟进："矮下！矮下！矮了！……"吓得嫖娼犯一个趔趄，还没看清眼前是怎么回事，两膝就已经扑通一声着地，刚抹上油的头发耷拉在前额。

"你今天怎么还赖在这里？还在这里冒领人民政府的囚饭？"黎头厉声问。

"我是要出去的，是要出去的，只是……"

"你欺骗了我们各位弟兄，让我们很生气，很悲痛，知不知道？"黎头用错了一个形容词。

"各位兄弟，各位好兄弟，有话好好说。"

黎头不理他，对我使了个眼色，要我拿出一张皱巴巴的烟盒纸开读：

　　魏孝贤，非男非女，四十八岁，山东烟台一鸟人，因嫖娼罪被市公安局拘留收审。
　　魏犯孝贤身为国家干部，在建设社会主义现代化的伟大热潮中，在深化改革扩大开放的大好形势下，在全国各族人民团结一致万众一心振兴中华的康庄大道上，一贯玩弄妇女摧残幼女，是可忍孰不可忍。该犯在收押期间还拒不改造，对抗法律，信口开河，胡说八道，大搞权钱交易，利用关系网跑案，用小恩小惠拉拢腐蚀我革命犯人，妄想逃避神圣的法律制裁，实属目无王法，罪上加罪，情节恶劣，影响极坏，不打不足以平民愤。

为了严肃法纪，奖罚分明，按劳分配，善恶有报，根据中华人民共和国××省××市看守所第九号仓刑法第一千零一条，现判决魏犯孝贤苦役半个月，每天洗厕所三遍，擦地两遍。附加刑：剥夺政治权利终身，用梳子打手指关节五十下。

这封判决书当然是我的奉命之作。当时黎头还要列举更多罪行：吹牛皮，讲屁话，经常假笑，大吃山珍海味，残害未成年狗仔等等，但这些欲加之罪没有什么法律依据，算不上什么罪，在我的强烈反对之下，才没有往上写。很多狗屁不通有辱斯文的词语，由于我的坚决抵制，最终未能进入文件。

老魏哭笑不得，"你们别开玩笑了，我是

有心脏病的人……"

"哪个开玩笑？我只问你：上不上诉？"

"请各位不要乱来。多个朋友多条路，多个仇人多堵墙么。我们同是天涯沦落人，同室操戈，相煎何急？我不是说过了吗？本大哥是最有责任感和同情心的人，一定重重回报各位。你们的案子我都牢记在心。我同这里的车管教雷管教刘管教都是好朋友，我也认识新来的所长。不是我吹，我一定可以帮上你们的大忙……"

"你不上诉是吧？"黎头打断对方，对唐老鸭钩钩手指，让对方按计划出场担任辩护律师。但唐老鸭是个做假酒的农民，只读过小学，哪知道什么辩护？他抹了一把鼻涕，说魏犯孝贤长得白净态度和气，还算是说了些优点，但与案情毫无关系。他然后说到嫖娼的合理性，"他大鱼大肉筑了一肚子，不骚一下又如何办？他吃饭不要钱，喝酒不要钱，坐车也不要钱，那屋里那一堆堆发霉的票子如何花得完？不从鸡巴里出来，还怎么出得来？娘哎，你们再急也没有用，你要他的票子出得来呵！……"这些话听似辩解，实是责骂，甚至比控诉还阴毒。

"老子做假酒，一年到头提心吊胆累死累活，也只做得一幢屋，只讨得一个老婆，哪比得上他娘的天天做新郎，到处有岳母娘呵……"说到这里，就更离谱了。

在这种辩护之下，判决结果可想而知。九号仓人民法院的判决书不但没有减刑，反而把梳子打手指骨节的次数由五十加重到一百，让老魏一听就脸色惨白地倒下去，全身如一团烂泥。

在一片狞笑和欢呼之中，执法开始了。他被众人七手八脚架起来，拖到床台边，让他继续跪着，伸出两只手，平摊在床台上，就像暴露在砧板上等待刀斧。雄鱼头操起小小的梳子，对梳子背吹吹气，一梳下去狠击他的指关节。一下，两下，三下，四下，五下……旁人每齐声数一下，老魏就哎哟大叫一声。才打了十多下，他的几个指头已经充血，肿胀紫黑，如同酱萝卜。

看他的衬衣透湿，说实话，我有点暗暗同情他。我发现，不光是我，还有几个人的脸上也有隐隐的不安。连雄鱼头也回过头来请示牢头，"三十五下了，算了吧？要不就罚他一点款？"

"是呵，是呵，罚他两箱咸水鸭！"有人附和。

牢头大喝一声，"拍加河！"

这一刻他已经气得忘记了普通话。据事后有人解释，这是他老家方言中"打死他"的意思。

十二

老魏的惨叫声继续，直到声音虚弱下去，渐渐变成了一种哼哼，变成了一种似有似无的吁气。他的几根指头已经血肉模糊，隐约露出生生白骨。

黎头还不算太狠，经大家再三劝说，给老魏免了几十梳子。他这次也没让老魏"烤乳猪"——那是一种更毒辣的刑法，逼受刑者脱光了裤子蹲马步，在他屁股下点燃一根蜡烛。一旦他蹲不住了，两腿颤抖，屁股下垂，就会被火苗灼出一声惨叫。像这样烤过几回的乳猪，屁股上留有一块块焦皮，半个月内肯定没法坐，只能哎哟哎哟地躺在床上。

牢头也没让老魏"练芭蕾"。我听说隔壁十号仓不久前查出一个贼，众人大动家法，把那人的两个大拇指缠起来，吊在窗户栏杆上，不高不低，刚好让受刑者可以踮脚落地，时时保持着芭蕾舞引身向上的姿态。不用说，不到一会儿，受刑者踮不住了，体重在每一分钟都像在成倍增加，两个大拇指先是被勒得钻心痛，最后成了两团黑肉。

奴隶社会的毒刑就是这样惨绝人寰。但蹲过仓的人都明白，这些毒刑半是惩罚，半是游戏，又不可认真对待。在这个没什么好玩的地方，在手指头脚指头都被无数次玩过的地方，每一寸光阴都如太平洋辽阔无际需要你苦熬和挣扎，鲜血有时就成为红色玩具。瘸子说过：这是人类最大的玩具，已经玩过好几千年了。

瘸子是从七号仓转来的一个犯人，走起路来一踮一踮，右肩高左肩低，有一种特殊的持重风度，好像右腋总是紧夹着什么，比如夹着一本不可示人的无形秘籍。他很少说话，不参加抢菜或者抢水，如果别人吃了他的饭，他还是不吭一声，脸上毫无表情，轻轻地坐到一边去，因此好几天过去以后，他在大家印象里还是一片似有似无的影子，从某一条人缝里飘来，又朝某条人缝里飘去，完全不占地方。

不过，自他到来以后，仓里不知何时有了些变化。比方墙上多了一个圆钟，是用硬壳纸做成的，不光可以指示日期，还可以记月和记年，让大家不至于忘了时间的运行。这是谁做的呢？厕所里还多了个淋浴喷头，是用一个矿泉水瓶底做的，上面扎了一些小眼，套在水管上，使水雾变得柔软和均匀。这又是谁做的呢？……人们感到新生活悄悄来临。

当时老魏已经释放走人，仓里的咸鸭味和鱼干味渐渐消失殆尽，经济形势正是危机之时，吃饭又成了大问题。一餐一个水煮菜就不说了，一星期只摊上两三片肥肉也不说了，就说好端端的青菜，伙房里偏偏拿去煮黄了，煮黑了，同喂老母猪的一样。有时菜里面还夹着一条蛆，两根稻草，几粒老鼠屎，说不定再给你藏一缕糊糊涂涂的卫生纸，让你浮想联翩和肠胃翻涌：下一次不会吃出避孕套吧？

在这艰难岁月里，瘸子再一次让人惊奇。

不知什么时候，他不声不响地开设伙房，更准确地说，是开设一间魔术室。他从不担心警察搜走打火机和火柴，把棉絮或毛絮搓成索，使劲用木板搓压，就能点着火。他把几支牙膏皮捶平，拼起来，再用饭粒封住接缝，就成了一口可以煮汤和下面条的铝皮锅。一个蚊香架子，在他手里可以成为切菜的刀。一个罐头盒子，填入烂棉絮和碎蜡烛，在他手里就成了小炉灶。他居然可以用纸锅烧汤，居然只用一支蜡烛就烧出了鲜美的三菜一汤，烹出宫保鸡丁红椒鱼头拔丝苹果！你想想，这同一个穷国自力更生艰苦奋斗发明了原子弹有什么不同？

伙房里万分可疑的水煮青菜，在他手里也绝不浪费。他打来一盆清水，把菜叶子一片片洗了，倒回锅去加工，加上油和盐，加上几滴酱油和麻油，照样美味可口，完全是化腐朽为神奇。

照理说，监规是严禁烟火的，但瘸子偏偏能在管教的鼻子下瞒天过海。他带着一两个帮手，在厕所里做菜，因为那里比较偏僻，一堵半矮的隔墙多少挡住了来自监视窗的视线。只要有烟冒出来,就有人大力扇风,使烟变得稀散,不会形成刺鼻或者触目的目标。若放风的人发现敌情,一声口哨,厨师赶快熄火,不会让路过的警察有所察觉。

这样,其他仓常常有人犯事,被警察拉到院子里去罚晒或罚站,但我们仓一直平安,有时还能在卫生评比中评上先进,得到政府的表扬。

到了这一步,大家都尊瘸子为"博士"。但他还是不大说话,不说自己的案情。据说他一直不承认自己犯罪,只承认自己初中毕业以后自学成才,有很多发明创造而已。他确实也没杀人,没放火,只发明过一种喷剂,叫"一步倒",比古典小说里的蒙汗药还厉害,朝什么人的脸上扑哧一下,那人立刻眼光发直地倒下去。劫犯们就是拿着这种喷剂在宾馆和银行里猖狂作案。他还有一个绝密化学配方,据说可用很低的成本,在普通中学的实验室里轻易配制出"逍遥散",其功能相当于冰毒。若是美国大毒枭们知道了这一点,还能不求上门来?客户不拍下二十亿美金,岂能买到他的科研成果？

　　但是，这就算犯罪吗？这是犯了哪一门罪？你们想清楚了，你们把本本拿出来看清楚了：他并没有直接抢劫和直接制毒。他只是发明，发明而已，对发明成果的误用却没有任何法律责任。他曾振振有词地质问预审官："原子弹杀了人，但爱因斯坦是罪犯吗？"果真把对方问得一愣。

　　他对自己的案子信心百倍，还曾在七号仓绝食三次，吞过洗衣粉，嘴里鼓出一堆堆白泡沫，情形很是吓人。但警察对付这一套有经验。一个新来的冯大姐不但不救人，不但不让其他警察救人，还把另一袋洗衣粉甩到他面前，"好吃是吧？你再吃，再吃，把这一包也吃完！你不吃完老娘就不答应！"这一逼，瘸子反倒不吃了。

　　到这时，女警察才把他揪到水龙头前，用胶皮管子接上水，对着他的嘴猛灌，一直灌到他嘴里和屁眼里两头出水，白泡沫逐渐稀释，这才算完事。

　　我曾经向他求证这些传闻。他只是笑了笑，

"教训。教训呵。我在洗衣粉里掺了好多面粉，但还是太轻敌了。"

"你也失败过？"

"成功者别无所长，最善于总结自己的失败。"

"你是个天才，一个化学脑袋！与你认识真是我三生有幸。不是我吹你，将来你出去以后，肯定要干大事的，肯定要当个真博士！"

"博士？"

"是呵，博士！"

"只是当博士？"

我不知道他是什么意思。

他淡淡一笑，"同你说吧，我这一辈子有三大目标：一是要当博士生导师，二是要当千万富翁，三是要当省部级高官，生前能上新闻联播，死后能进八宝山。"他朝我挤了挤眼皮，"你等着吧。"

看着这个一踮一踮走远的瘸子，我简直不相信自己的耳朵。但我静下心来时不得不承认，这一切为什么不可能？八宝山也是人进的，中央台的新闻联播也是人上的，世界上好多大人物不也是从牢里走出去的？说实话，瘸子身上确有一种说不清的魔力，凭着他的克己、热心、勤奋、手巧、足智多谋，眼睛眨巴眨巴，苍白脸上淡淡一笑，还有沉默中无形的谦虚和威严，不论走到哪里都可以不露痕迹地赢得交情、尊重甚至某种畏惧。你稍加小心，就能在任何一大群人中把他这样的面孔轻易辨认出来。他们身上的影响力和征服力，透过平静的目光弥漫和辐射，在任何一个地方都不可抗拒。

　　雄鱼头可惜就是不明白这一点，才去偷他的奶粉。他肯定不明白大家为什么特别义愤，不明白大家为什么铁了心向着瘸子。不论瘸子如何息事宁人，大家还是要搜查，要审讯，非要查出家贼不可。这样，半包奶粉终于暴露，是雄鱼头有口难辩的铁证。几个犯人齐刷刷扑过来。唐老鸭一脚就踢得他捂住肚子弯下腰去。他的头发随即被另一个人揪起来，脸皮成了擦墙的抹布，哧哧哧，立刻有了几道血痕。

　　要不是瘸子相救，雄鱼头这块抹布今天肯定要磨透。瘸子说：“各位请息怒。我也偷过他的馒头,今天两下扯平吧。"

雄鱼头哪里丢失过什么馒头?但从今以后,别说是馒头,就是自己的心肝肚肺,只要瘸子想要,他雄鱼头恐怕也愿意割出来了。见瘸子用盐水给他清洗伤口,他感激的泪水一涌而出。

十三

像其他犯人一样,黎头也对瘸子有了兴趣,对他的智能犯罪刮目相看。什么洗钱、虚假注资、伪造信用卡、骗取出口退税等等,在他们看来简直是神话,居然可以不费吹灰之力,就让白花花的银子流进自己的账户,甚至还可骗得官员们迎来送往,骗来警察的摩托队呜呜呜在前面开路,那是何等的威风和惬意!现在,价值二十亿美金的配方更是让牢头目瞪口呆,觉得自己的武打简直一钱不值。

不过,他并不去打听出口退税和药物配方,大概觉得自己没读过多少书,对那些学问高攀不上。他凑到瘸子那里,只是问问美国最新的飞机和坦克,问问塑料地雷和神经毒气,打听那些可以杀人如麻的武器，然后惊叹一番，向往一番。他不得不承认他的菜刀落后于时代，看来是不行了。

他还讨教些小问题。比方说，他好几次深夜里听到窗外有笃笃笃的高跟鞋走过，但没见到半个人影，那里也不可能有人，这是为什么？是不是有自动走路的鞋子？还有，他好几次听到地下有人叽喳叽喳说话，只是听不大清楚，但那水泥地下根本不可能有人，这又是为什么？是不是石头也可以录音？他还说到监仓区院子里的一盆白玉兰，据说是镇仓之木，从来无人敢动。前不久新来的所长不知情，要清理环境，派人把白玉兰搬走，让好多警察惊恐无比议论纷纷。结果这一搬，真搬出事来了，搬出大事来了。女仓那边一天疯一个，每天夜里都有人狂呼乱叫，甚至有人宣称自己是毛主席的亲生女儿。旁人拿绳子捆绑，拿毛巾塞嘴，都没法让这些疯子安静。到最后，新所长只好派人又把白玉兰搬回原地，重新镇仓，这才让疯子们恢复了原态——兄弟，你说说，这又是为什么？这看守所里还真有妖怪？

　　我第一次听到这样的奇闻,吓得把监仓四处看了又看,对仓顶一道奇怪的声音格外警觉,觉得那不像是石头滚过的声音。

　　瘸子笑了笑,解释了一下物理学和心理学,说到了磁场、太空以及什么气功,说得我们似懂非懂半信半疑。

　　"大嘴巴没有走之前,天天锁在脚枷里,但他每天晚上还去帮他老娘挑土做屋!"黎头不相信什么物理。

　　"这不可能!"瘸子说。

　　"怎么不可能?他天天早上醒来,鞋子都是湿的,还沾了外面的黄泥,明明是挑过泥巴的样子。"

　　"不是幻觉就是谣言。你们中间谁亲眼见过那鞋子?闻过没有?鞋子上面到底是水还是尿?"

　　这种说服还是不够有力。

　　但瘸子的科学算命最后让大家不服也得服。因为他不但会看面相、看手相、看足相,还可以远距离算命。办法是这样:你请他给什么人算命,你就一个劲想着那人的面相——这就等于锁定目标，气功已经发射给那个人。瘸子用一只手握着你的一只手——这就等于他已经与你接上气，通上电，把你当作天线开始发功。他闭目养神的时候，采录和分析各种信号，然后一一说出那人的模样、性格、大致经历乃至疾病和寿命，简直是一台不可思议的人生雷达。说来也奇怪，这台雷达还真说准了黎头的父亲：他家的大门一定是朝北而不是朝东的。这一条没错。那男人一定是黎头的继父而不是亲父。这一条也没错。那继父喜好赌博和酗酒，对黎头母子俩没什么好脸色，曾经被黎头操着菜刀赶出门等等。这些也都没有错。如果最后一条错了，把那老家伙的肺结核说成了乙型肝炎，那也不是瘸子的错，原因是黎头这根天线出了问题，一度脱离了目标。兄弟，你自己想想，是不是这么回事？

黎头事后一想，只得承认这一点，说有一瞬间他打喷嚏，确实想到车管教那里去了。

瘸子遗憾地说：“还不是？你不配合，信号就大大减弱了。”

“那我们重来，重来。”

"每次断电以后再接通，要重新调整频率，很不容易的。再说目标也可能进入死角，比如在隧道里，有电梯里，你就没法接通。要是目标在大的电器旁边，也会有电磁信号干扰。"

我在一旁暗想：这发功算命也就是打手机呵？

十四

黎头一高兴，给瘸子一外号"瓦西里大师"。没有人知道，他是从哪部电影里听到过"瓦西里"这个名字。更没有人知道他为什么觉得这个洋名特别好，应该戴在令人尊敬的瘸子头上。

瘸子要转仓离开的前一天，黎头代表九号仓人民政府授奖，在瘸子胸前挂了个啤酒盖子。这一天，瘸子用酒精、味精、糖、洗衣粉一类东西勾兑出来一种酒，或者说一种像酒的液体。黎头只喝了两三口，就变得舌头大和眼光直，刚才还在说瓦西里，转眼说成西瓦里，等一下又在他嘴里变成了瓦里西。人家说他叫错了名字，他只是傻笑，半醒不醒的样子。人家抓住这个机会哄骗领导，要他同意把库存的白糖拿来分光吃光。他还只听到一个开头，没听清对方在说什么，就豪迈地挥挥手，"同意！我同意！……"

幸好只是一点白糖。如果此时是一个仇人要割他的头，他大概也会没听清就抢先同意的。

不知什么时候，他死死抓住瘸子的手，突然有点异样，嘴里碎碎瘪瘪的词语，让我们辨出他的笑脸其实是一张哭脸。"兄弟，你不能走呵。你要是走了，我早上一起来，一看见墙上的钟，一看见淋浴的喷水头，一看见你做的菜锅汤锅，我心里……哗啦哗啦，会好难受呵……"

面对这张似笑实哭的脸，瘸子也有些激动，"强哥，我没有走，不还在大墙里面吗？说不定哪天冤家路窄，又在哪个仓碰上了。"

黎头还是伤感，"大嘴巴走了，唐老鸭也走了，癞蛤蟆也走了，鳄鱼头他们都走了。老猫婆也走了。你们都不管我了哇。你们再不给我敌敌畏了哇……"

他是指手里的自制液体。

敌敌畏！喝敌敌畏！他操着空杯子见人就敬酒，见人就说大嘴巴走了唐老鸭走了癞蛤蟆走了鳄鱼头走了老猫婆他们都走了哇——还几次强拉牢门，不知牢门是拉不开的，不是可以由他来拉的。

他即使拉开了牢门也不可能再见到大嘴巴唐老鸭癞蛤蟆鳄鱼头老猫婆他们了。弟兄们见他一直横着眼，已基本上属于弱智，把他扶到墙角去了。

好半天，还听见他在那里哭，不过是哭上了别的什么事，旁人听不明白。他哭火柴盒，说他糊了二十万火柴盒还是没读上书。他哭自己被人家抢了馒头没还手，被人家抢了帽子没还手，被人家砸砖头还是没还手，但还是没有读上书。他还不如一条狗，他是个一骗就上当的傻鳖哇……

他渐渐地安静下去。不知何时又突然爬出窝，把我当成了瘸子，一把抓住我的手，"你不能走，你走了我的心里会难受呵……"

这天深夜，不知他肚子里有什么不消化，先是放了几个屁，然后劈里啪啦一阵，发出打水枪和扯烂布的声音，使整个监仓都弥漫着奇臭，臭中有酸，酸中有辣，辣中有腥，呛得我首先夺路而逃，周边的几个犯人都从棉毯里跳出来，捂着鼻子大骂。因为昏暗中有脑袋或手臂被踩了，更多的犯人跟着叫喊。大家一致声讨领导的不法罪行：黎头，黎哥，你吃了什么冤枉？你核试验也太厉害了吧？这日子还让人活不活？你要毒死几条人命呵？你再给我们煮八宝粥，我们就坚决要求转仓……

此刻的黎头酒醒了大半，自觉理亏，有点威风扫地，不敢差遣别人，自己夹着裆，一手提着裤头，撅着屁股朝厕所逃窜。他在厕所里发现没带纸，从隔墙后摇动着求援的手，"各位，各位，做做好事……"说实话，我第一次看到他这么狼狈，看到弟兄们这样尽情地辱骂他，觉得十分快意。

"没有纸啦，撕你的歌本吧？"我故意为难他。

"撕布，撕毛巾，求求你啦，爷哎……"

"不行，这里只有歌本可撕！"我把一张废报纸撕开，一小块一小块递过去，每一次都磨磨蹭蹭,消受这家伙的百般焦急和苦苦求助。

十五

瘸子最终没有转仓,甚至没有活着走出仓门,是我始料未及的。这件事据说与女仓的犯人有关。

我们在这里一般看不到女人。有时候去谈话室或者接见室,有机会跨出牢门,眼光越过绿地庭院,一眼看到对面某个窗口晾晒着的乳罩或者头巾,免不了心里一软——那里就是女仓了。但那里关了些什么人,发生了哪些故事,我们根本不知道。我没法让自己的目光像一只只幸福的蟑螂,沿着肮脏的下水管道,偷偷爬入那些窗口。

听人说,这个所有八个女仓,关的人大部分是妓女和妈咪,也有杀夫犯或者儿童拐卖犯。天气热的时候,有些女犯毫不含糊,光着上身纳凉,顶多挂一个乳罩,面对监视窗口的男管教或者劳动仔,毫无羞耻之色,反而以疯作邪,故意浪荡地大笑,把狗奶子往上掀,搞得男人们一个个脸红得溜之不及。还听说有些女犯无聊撒野，有一次故意把电灯线扯断，然后大喊大叫要电工来修理。一个负责电工活的劳动仔不知底细，老老实实去修电灯，刚爬上人字梯，几个女犯们一声吆喝扑上去，七手八脚把他的裤子扒了，吓得他面无人色地滚落下来，狂呼救命呵救命。要不是女警察闻声前去营救，那几个疯婆娘说不定就集体施暴了。

> 没有我的日子里
> 你要自己搞自己
> ……

　　这是女仓的浪声远远飘过来了，男犯们像中了吗啡一样兴奋，通常会扯开嗓门嚎上一曲：

> 正月那个初一，
> 小姐姐去赶集。
> 碰上那个好弟弟，
> 拉着进了高粱地。
> 走进了高粱地呀，

脱裤子又脱衣。

（白）小姐姐，味道怎么样呵？

哎呀呀，真是甜蜜蜜，

……

这还哪像看守所？差不多就是个妓院吧？但警察们不太在意这些，尤其是男警察，有时装得没听见，甚至还哈哈一笑。只有新来的冯大姐有洁癖，对此大为生气，好像去高粱地的是她家的千金娇女，刚才被几个臭犯人活活糟蹋。"哪个嘴臭？哪个嘴臭？"她的嗓门最大，一开腔就是敲响一面锣，敲得全所鸦雀无声。

"九号仓的，听见没有？要我拿马桶刷子来戳两下是吧？"

她是个老管教了，把一张铁仓门玩得特熟，插钥匙，开锁，摘锁，拉栓，推门……五六个动作可以融为一体，在哐当一声中完成，是一种迅雷不及掩耳的突然袭击，使任何人的违禁勾当根本来不及掩盖，一次次暴露在她的眼前。但这一张铁门还有其他玩法，比如她一看见你满脸淫邪，认定你是个下流坏子，就会在你进仓的当口，咣的一声，让大铁门不早不迟不偏不歪，准确打在你的脚后跟，打得你眼泪直流但又无话可说——她打你了吗？没有。她关门不对吗？很对。怪只怪你自己的后脚提慢了。

有些犯人跟着这个五大三粗的冯管教回仓，还没走近仓门，就两腿发软迈不开步子，蹲下去求饶："冯姐，冯姐，你慢点关门好不？"

"起来起来，快点走！"

"我就是怕你走在后面。"

"少啰嗦。"

"我再不唱流歌了，再也不唱了，再唱你就割我的舌头。"

冯姐哼一声，撇撇嘴，算是放过对方一次。

不用说，冯管教的铁门功让很多强奸犯恨恨不已。虽然她帮过很多人的忙，比方帮很多人修改上诉书，改正错别字，解释法律知识，甚至还掏钱给一些穷犯人付律师费，但有些人还是摸着脚后跟，恨恨地叫她"绊脚鬼"。她为改善伙食出过力，曾在伙房里拍桌打椅骂管理员，说饭食是猪吃的、狗吃的，你们自己给我吃一口看看！她还大骂那个姓王的副所长，说你要是没贪污鬼都不信，这油到哪里去了？豆子到哪里去了？三千多斤黄豆，化屎化尿也要填满两大池吧，怎么就不见了？……这些话从伙房里传出，在离伙房较近的监仓可以听到，也在犯人中悄悄流传。但有些强奸犯还是余恨难消，走路一跛一跛的时候，一次次咒那个绊脚鬼将来出门要被汽车撞，吃饭要被鱼刺卡，哪一天要瘫痪在床上不得好死。

如果听到开门声拖泥带水，有三没四，七零八落，犯人们就可以断定，绊脚鬼今天没有来。确认了这一点，男犯们才有了轻松和解放，才斗胆开始发情，包括此起彼伏地尖叫，没有什么含义，没有特定对象，只是情不自禁地亢奋一番，像动物在野地里的寻常勾当。

黎头这一天也跟着叫，然后夹胡子，梳头发，抹头油，爬向监视窗口——这需要坐在一个人的肩上，还需要下面的人坐在另一个人的肩上，形成三节人梯，才够得上监视窗的高度。我们仓就有两个名叫"楼梯"的犯人专司这种公差。他们一次次结成人梯，把牢头高高地顶起来，让他独占满窗的风光，寻找饱餐秀色的机会。

黎头探头窗外，大多时候都很失望，说根本看不到什么。他说有一次看见一个老太婆，比他妈的年纪还大。后来还看到一个女犯跟着警察低头而过，但连个正面也没有看到，是麻子还是瞎子也不清楚，顶多看清了一双皮鞋是两个样子，颜色也不同。

这一天，他总算有些收获，不但撞见了一盘刚进二十三号仓的嫩菜，还同那个货说上了话。

"喂！喂——"

"是叫我么？"

"安妮！"

"我的名字是安妮吗？"

"他们说你就是这个名字。"

"假名。"

"你真名是什么？"

"真名么，藏在李白的《长相思》里，你去猜！"

"我没文化，猜不了。你多大？"

"你土鳖呵？对女士也可以问年龄？"

"你不说，我也看得出。"

"告诉你也没关系。扣除睡眠，我四千三百多天了。"对方嘻嘻一笑。

"我看你六十岁了。"

"讨厌！"

"我怎么看见你有皱纹？你过来，走近点，让我仔细看看。"

"呸，我不上你的当！"

黎头后来知道，这盘菜刚见了检察官，心情不太好，经管教特别批准，在院子里坐一坐。她摘了几片草叶，捉了一只蜻蜓，不知不觉靠近男仓了。"大哥，你知道吗？我在这里好好寂寞，好好孤单的。"她一脸港台流行式悲伤，"我好想有一对蜻蜓的翅膀……"

"我在这里疗养，舒服得不想出去啦！你信不信？"黎头历数自己这几天的幸福，早餐吃过了什么什么，昨天晚上吃过了什么什么，昨天中午吃过了什么什么，还有昨天早上……

"大哥，我们来玩个游戏吧。"对方说。

"玩什么？"

"玩——恋爱，怎么样？"

"恋爱？怎么玩？"

"这样，你先叫我一声么，叫得甜蜜一点。明白吗？"

"就这么叫？"

"当然就这么叫。"

"一叫就同你恋爱了？"

"讨厌，游戏嘛！"

黎头一气放出个炸雷，"安妮——我爱你——"

他发现对方没回话，仔细一看，原来对方头转到另一边去了。"喂，喂，我已经喊了，下一步做什么？"

对方终于把头转过来，满脸泪水吓了黎头一大跳。

"你怎么啦？"他问。

"对不起，好久没听到这样的话了。"她泪脸上挤出一丝笑，用衣角擦着眼睛，"一听，心里……好难受。"

黎头不知道该怎么办，不知道恋爱有这么危险和这么繁重。他想说点安慰的话，不料轰隆一声，自己偏偏在这个时候落入黑暗，在地上砸了个四脚朝天。原来刚才是两节"楼梯"
实在撑不住了，大汗淋漓，额冒青筋，口挂涎水，
加上顶端的人剧烈扭动，重心失去平衡，人梯
就呼啦啦散了架。

十六

黎头痛得哎哟哎哟直叫，揉着自己的脑袋
和腰身，跳起来狂骂，逼楼梯们爬起来再接上。
不过，等他再次爬到窗口，庭院里已空空荡荡，
叫安妮的那盘菜不见了，只有两只蜻蜓在阳光
下飞绕。

车管教走过来一声冷笑，"强仔，长本事
了？有进步呵！油头粉面的，还知道调戏女犯
啦？是不是要戴镣长街行，唱一出《天仙配》
和《十八相送》？"

小斜眼冲着车麻子横了一眼，黑着一张脸
不吭声。等对方走远了，走出监区大门了，才
对着空空庭院补上一嚎：

妹妹你大胆地朝前走

朝前走，莫回头

……

他从窗口下来以后，有些闷闷不乐，躺在床上翻来覆去，爬起来问我"感"字怎么写，"铲"字怎么写，最后索性要我代笔，帮他写一封信，托劳动仔捎到女仓去。说实话，我一听给女人写信就比较有灵感，脑子里有各种小星星在闪耀，有各色小花朵在开放，有各种三角帆漂向蓝色海面的远方，根本不用找参考书，很快就写出一大堆形容词：花容月貌、仪态万方、羞花闭月、沉鱼落雁、婀娜多姿、亭亭玉立、倾城倾国……相信大多数通俗文学作家都会在这封信面前自愧不如，大多数无知少女都可以在这封信前动容。

黎头不知道这是些什么意思，脸上毫无表情。待我逐一解释，他才有点腼腆。"太啰嗦了，太啰嗦了，呸，哪来这么多屁话！"

"那你要我怎么写？"我很委屈。

"只要告诉她：哪个同她过不去，啪啦，给大哥递个话来。我就去铲了！"

他要我撕了重写。

深夜，我睡在他旁边，发现他还是动静很多，一直没消停，最后坐了起来长长地叹气。我也没睡着，问他有什么心事。他说他做了一个梦，梦见一个老头，长得活像他亲生父亲，在窄窄的铁路桥上遇到一列火车，连忙避让，但一脚踏空了，忽悠悠落入万丈深涧。后来他赶到桥下去营救，发现老头已经死了，不过，老头的帽子下面不是脑袋，只是一个闹钟。你说怪不怪？

又沉默了一段，他又叹了口气，在昏灯下第一次说起家事。他说起他生父去世早，母亲改嫁，把他带到了周家。但继父对母亲并不好，三天两头打得母亲头破血流，有一次深夜了，正逢外面下大雨，还立马要把母亲赶出门。当时只有八岁的他，跪在继父面前，哀哀地求他留下妈妈。但继父哪里会听他的？那个王八蛋还说，祸根子其实就是他，他吃周家的，穿周家的，还要周家供他上学，这样一个无底洞，如何填得满？花了万贯家财，不过是养一个野崽子。肉中一根刺，肯定长不到一起的。

　　强仔记住了这些话，以为继父只是舍不得钱，以为只要自己少花钱，继父就会对母亲好一些。他从此学会了捡垃圾，学会了卖报纸和糊火柴盒，碰上两个街上的弟兄，还学会了偷自行车和摩托车，学会了拍砖头和抢菜刀。但这一切努力都没有结果，拿钱回家也是白搭。不仅继父还是没有好脸色，而且正是在他的威迫之下，母亲把亲儿子举报了。母亲甚至还去送烟酒，托人情，说好话，说什么也要请政府从重法办，把这个不孝之子绳之以法。

　　他被警察带回家取衣物用品的那一天，母亲没有在家，或者是不想回家。只有周家姐姐为他收拾衣物。咯嗒一声，一个小相框从衣柜里滚出来，正是他亲生父亲的照片，是他一直偷偷保存着的唯一旧物。他把相框拾起来，目光触及父亲的容颜，那个经历太多凝视然后线条开始模糊的容颜，鼻子一酸，咬紧牙，忍着，忍着，最后还是没忍住，流出了眼泪。他听到身旁也有抽泣，抬头一看，是周家姐姐泪光闪闪地看着他。

　　"弟弟，照片交给我吧。我会帮你好好地

保存。"

他扑通一声跪下去，给周家姐姐叩了头。

不用说，他的普通话就是来自周家姐姐。我记得他以前说过，他有个不同父也不同母的姐姐，靓得很，牛得很，是学校广播站的播音员，还到省里参加过中学生朗诵比赛，拿回来一个金光闪闪的奖杯。

十七

警察不在监区的时候，犯人们常常搭着人梯，爬到窗口"打电话"，就是朝其他窗口远远地喊话。包括与自己的同案犯串串供，或者是找熟人聊聊天，传播一些重要消息，比如女仓里又来了一盘什么菜，叫什么名字，长得如何，如此等等。

有一次，斜对面的某仓打来电话，说他们那里刚来了两个小毛贼，呜哩哇啦只是叫，听不懂本地话也听不懂普通话，看上去可能是越南人或柬埔寨人，是一对苦命的国际朋友。没料到警察有办法。车管教对另一个警察说，不知道他们是哪里来的，审不了，遣送不了，养着吃饭更不是办法，干脆把他们活埋了。车管教拿来两个麻袋，又找来一把铁锨在院子里铲土挖坑，吓得两个小毛贼立刻开口："警察叔叔饶命！我们交代！我们交代还不行吗？"

大家这才知道他们是本地人，刚才只是装聋作哑。

这些小毛贼想同车管教斗心计，还真是嫩了点。

十八

天气暴热的那一段，黎头背上生了个大毒疮，体温烧得他一度昏迷不醒，还咬牙切齿口口声声要自杀。绊脚鬼天天来帮他换草药，脓呀血的，沾满她一双手。她一个女人，在光膀子男人的肉堆里进进出出，在晾晒着的男人短裤之下来来去去，在明明蹲着男人的厕所前打开龙头取水，从不害怕。即便看见什么人的大裤衩里支帐篷了，或者是大裤衩下走火了，她一般来说视而不见，到了忍无可忍的程度，才会一只鞋子突然砸过去，来个精确打击，警告对方自我检点。"喂喂喂，文明点！自己的东西自己管好！"有时她会大喊一句，喊得大家心知肚明。

她领着医生来给黎头打针，没料到这个杀人犯杀过人，但晕过针，最怕打针，又喊又叫的，死死揪住自己的裤头不放。绊脚鬼火了，不由分说，哗的一声扯下裤头，在对方露出的半个屁股上猛击一掌，意思是要小斜眼老实点。三下五除二，真把对方治得服服帖帖。

有个小光头一直盯着女警察滚圆的膀子，还有肥厚和跳荡的胸脯，在她的大屁股周围蹭来蹭去，对黎头早已羡慕不已，叫叫嚷嚷称自己也有病，脑壳闷，肚子痛，不打针是不行的。还没等医生诊断，他急急地退了裤子。本来只需要露出屁股的一角，但他一呼噜把裤腰差不多退到了膝盖。绊脚鬼摸摸对方的额头，说是有病，还病得不轻呵，说着从医生手里取过注射器，没上药，也没消毒，朝着白屁股上狠狠一扎，扎得对方歪了一张脸，哇啦哇啦鬼叫。

"明天再给你打！"绊脚鬼说这一个疗程

要打五针,吓得小光头五天之内再也不敢见她,听见她的脚步声,就躲在远远的墙角,紧紧把守住裤腰带。

她只是有点粗心,不大像个女人。有时开门进来找人,找来找去没找到,大吃一惊,才发现自己看错了门号,把我们仓当作了另一个仓了。有次给黎头换药,她还把一只手机遗落在地没有带走,被我捡到了。我送还她时说:"要是我拿这只手机打一一九,把全市的消防车都叫来,你怎么办?"

"我们无仇无冤,你小子不会这么坏吧?"

"要是我瞒下它呢?"

"我消了号,你拿了也没卵用。"她居然有粗口。

"我刚才已经接了你的一个电话,是你老公打来的。"我骗她。

"是吗?"

"他一听是个男的接电话,还以为老婆出问题了,哇!"

"放什么屁?老娘拍死你!"她瞪大眼。

"嘿嘿,同你开个玩笑。对不起,对不起。"

她缓了口气，"你没跟他通报姓名？"

"通报姓名干什么？"

"我同他还说起过你。"

"你……说起过我？"

"是呵，说起过呵。我说你会唱歌，唱女声还真像，把我都骗了，比宋祖英还唱得好听，哪天到电台去骗骗人。你不知道吧，我那一口是电台党委书记，有点小威风的。他说我不懂音乐，好像只有他才懂。呸，我以后我还真要带你去给他看看。别以为我们看守所没人才。我看他们那里才臭鱼烂虾哩。"

我的心里一热。

她没注意我的眼睛，"你以后总要出去的吧？到时候要是找不到工作，说不定我还真可以搭上一只手。"她接过手机开始打电话，把我晾在一边，没工夫再理我。

我从此不再叫她绊脚鬼，管她叫冯管教、冯大姐、冯姐。黎头自从毒疮收疤以后，只要是冯姐来训话，不论说得如何不中听，也不再拉长一张狗脸，比以前和顺了许多。以前他根本不愿意上诉的，现在也打算见律师了。

十九

恐怖之夜就是在这一刻来临。眼下我一遍遍回忆当时的情景，还是很奇怪。那一个夜晚极其普通，极其平静和安详。如果说窗外有一群麻雀突然惊散，那不能说明什么问题，只是高墙外有什么人惊动了它们。

开始有一个仓又打来"电话"，没说什么要紧的事。后来，有几个犯人开始打扑克。另有一个犯人用自制的竹针穿纱线，埋头缝补自己的裤裆。还有三个四川佬是刚来的，嘀嘀咕咕凑在一堆，肯定是对老犯人有所不满，但也没办法，只是间或怯怯地瞥我们一眼。

就是在这个晚上，我与瘸子一连下了三盘棋，虽然他每次都少用一半车马炮，但还是保持常胜纪录。其中有一盘，如果不是走一步瞎眼棋，我差点就要赢了。我要悔棋，但手腕被他紧紧抓住，架在空中无法下落——我这才发现这家伙虽然单薄，但一只手像铁钳，一身功夫不露形迹。

"落地生根，不能悔！"他平静地坚持。

"这又不是国际比赛，就悔一次么。"

"好狗不吃回头屎。"

"不就是玩玩么？"

有人担心我生气。其他弟兄嫉妒瘸子的常胜纪录，也一致拥护我悔棋：是呵，玩玩，莫太认真，法律都可以改的。

"棋场即战场，岂能儿戏！"

瘸子固执不让，眼中透出了某种狠劲和杀心，是一刀子定要插到位的那种精确和冷静。我终于恼羞成怒，既然架在空中的手落不下来，便一脚踹了棋盘。这并没有使他生气，也没有使他松动。他默默地把棋子一一捡回来，看了我一眼，

"三比零。你输了。"

这一天晚上不欢而散，我迟迟才入睡。第二天，我们起床后洗脸刷牙上厕所，发现瘸子还在蒙头大睡。又过了一阵，送餐的来了，有人邀他起来一起喝粥，他还是蒙头一动不动，似乎对嘈杂声响充耳不闻，这才让人觉得有点反常。有人喊了两声瘸子，去揭他的棉毯——

恐怖的尖叫就在那一瞬间发出，叫得我眼球胀痛，血往头上涌，脑颅里一片空白。几个警察冲进仓门，发现瘫子的头上套着一个紧紧锁口的塑料袋，全身有一种僵硬，裤裆里是湿的。

冯姐翻了一下他的眼皮，说快快快，抬出去！

门外是走道和庭院，空气要清爽许多。冯姐挽起衣袖，蹲在瘫子的腹上，双掌叠压在他的胸口，一声嘿，做起了人工呼吸。有两个小犯人平时最喜欢听瘫子讲故事，眼下见瘫子成了这样，吓得呜呜呜地只是哭，被冯姐一声喝，才撅起屁股俯下去吹气。一个小犯人对着瘫子僵硬的嘴，一口长气吹进去，使瘫子的胸脯鼓起来，再由冯姐一把一把地挤压，把胸腔里的气排出。

医生也赶来了，手忙脚乱打针，但说这鼻孔里耳朵里都见血，强心针打了也是白打。

冯姐很不耐烦，"打了再说，能打多少打多少！"

车管教也来了，探了探瘫子的鼻息，查了查瘫子的瞳孔，说至少三个钟头了，不用白费工夫了。

冯姐更生气，"就是个石头也要救一把再说吧？你怎么知道就救不活？要是你家的人你不救吗？你还会在这里屎少屁多？"她想起事故的责任就更气，"你们这些臭窝笋，昨晚值班时干什么去了？打牌去了？喝酒去了？看电视去了？早就要你们注意九号仓，你们就是不注意！要你们找人摸摸情况，你们就是不摸！现在好，没盯住，出大事了吧？你们这些饭桶饭桶臭饭桶——饭碗不想要了吧？也想蹲蹲仓吧？"

她一气骂了个狗血淋头，骂得姓车的脸上红一块白一块，满头冒汗，张口结舌，当着犯人的面真是栽得厉害。他手足无措，丢了烟头，只得老老实实去给瘪子搓手和搓脚，似乎想把血流搓动起来。

"给九号仓全部上镣，查出凶手——"车管教大叫。

二十

我想起前一天晚上的象棋，还有前一天晚上瘸子说的"你输了"，不相信眼前这一切是真的。一个大活人就这样没了，在一个小小的塑料袋里窒息而去。一个有体温、有表情、有动作、有脾气的人突然成了一堆任人摆弄的呆肉，不知何时在我们熟睡之际不辞而别，在近在咫尺的地方一步步冷却和僵硬——生命真是脆若悬丝，死神在我们耳边又一次悄悄掠过。

我捡到了一只熟悉的鞋，把它偷偷套在瘸子冰凉的脚上，一只混乱场面中谁也没注意的裸脚。

问题是，严重的问题是：他为什么会死？是自杀？是他杀？然而自杀或他杀是出于什么原因？我回想这几天来的每一个场景，每一个细节，每一个词语，还是没法嗅出空气中的阴谋和恶毒。直到事隔很久以后，我才有了一个疑点，记得小斜眼曾低声问过我一句："要是有人想整死你，你怎么办？"

"拼个鱼死网破。"当时我随口一答。

他看了我一眼。

"你什么意思?"我问他。

"没什么,随便问问。"

我后来回忆得更清楚了:就在他问话的前后,他不唱歌,不俯卧撑,也不要人按摩,只是独自睡觉,但钻进棉毯的那一瞬,眼角里泄出一道余光。我看清楚了,余光虽然只是投向墙上的纸挂钟,却隐隐藏着凶狠——如果我没记错的话。

警察也不相信瘸子是自杀。仓里的人都被叫去受审,包括才来两天的三个四川佬。几个杀人犯和流氓犯更是重点怀疑对象,受审时间总是很长。尤其是黎头,一去就三天,直到一个深夜才被两个劳动仔架着回仓。他气息奄奄,浑身汗湿,虚弱得话都说不出来。车管教把他的一只手铐住,另一端铐在仓门的门闩上,让他只能站着,顶多只能半蹲,没法坐下来。只有半天,牢头的两腿就肿如木桶,加上门口的风大,两手已经冻得铁一样冰凉。大家找来些纸盒和棉毯,塞到他屁股下,让他能够坐一坐。

他不从。弟兄们送来吃的喝的，他也一直紧咬着嘴唇，还是不从。他有一种要与手铐拼到底的劲头。最后，大概是发现没希望了，他突然破口大骂，每骂一句，脑袋就朝墙上猛撞，整个人疯了一般。顷刻之间，他满脸盖着血，已经不见脸了，只有红色中两只眼睛眨巴眨巴。

我们大惊失色冲上前去，七手八脚将他抱住和按住，用一床棉毯包住他的头。但我们不知他哪里有那么大的力量，不但甩得我们东偏西倒，不但继续往墙上撞头，而且身上所有没有被我们按住的部位，一团团的肉都突突跳动，都在向外爆炸。

"要死人啦！"

"救命啦！"

我们恐惧万分地大喊，喊来了警察。他们也被一个血淋淋的脑袋吓坏了，商议了一下，给他解了手铐。

我也是瘸子的交往密切者，因此在提审室待了很久。我想洗脱自己，帮助警察迅速地破案，但我没法供出密谋的过程和动手的情节，更没法供出他们想象中的棍棒、刮刀、毒药一类物证，使警察们很不满足，连冯姐也对着我瞪眼大拍桌子，根本不把我视为什么人才。另一个警察接班，同样对我没有好脸色，口口声声要把我丢出去喂狼狗。又一个警察来接班，虽然没有威胁，但始终不让我闭上沉重的眼皮，一连十几个钟头折腾得我痛苦不堪。这种车轮审讯的最后一站是车麻子。我怕他，一心想让他满意，于是忙不迭地挖空心思，把早已成为枯渣的回忆再来一次榨挤。我说瘸子做过很多数学题，不知是什么意思。麻子听后并不满意。我又说瘸子给我们讲过《圣经》，讲过洪水滔天毒疫流行之类阴冷可疑的故事。麻子听后更不满意，认为我故意糊弄他。

他用电棒戳戳我的衣袋，"这里面没有白粉吧？要不要我今天给你搜一下？给你加判个七年八年？"

我知道他的意思，气愤地大喊："你，你不能栽赃陷害！"

"还知道怕呵？那就好，那就好，那就态度老实一点！"

"你打死我，我也只知道这一些。"

"想骗谁呢？你同他臭味相投，交往密切，经常合伙加菜。有人还揭发你们走后门！"他是指同性恋。

"那是血口喷人！无聊！"

"人家的笔录上有白纸黑字！"

"是你们搞逼供信！"

"好，就算没有走后门，你们混在一起也不光是下棋吧？不光是讲故事吧？不光是思考中国革命和世界革命吧？九号仓里就这几团毒，你不知情还有谁知情？你以为我们公安局是粮食局？都是吃饭的？"

他用电棒指定一个台灯架，一按电门，棒头立刻噼啪一响，白中带蓝的光团爆出，震击得台灯架一跳。我知道，下一步我肯定就是这个台灯架了。我看见他的电棒头已经逼近过来，逼近我的鼻尖，知道自己马上要发出一股焦煳味，就要头发竖立和眼球外突，整个身子跳到天花板上去。

我果真大叫一声，晕了过去。醒来的时候，我发现自己躺倒在地，满面流着冷水，眼中是车麻子朝下俯瞰的一张脸，有些模糊和变形。

我听到他哈哈一笑，"我没有按电门，你小子晕什么晕？你还没学会视死如归呵？"

二十一

有一个管教好色，看中了一个女犯，值夜班时常把这个女犯叫去谈话，进行思想教育，然后要对方按摩，吃她一点小豆腐。他没料到对方按摩时偷听他打电话，察觉了他的一个圈套。他当时受人之托，正设法给瘸子减刑，要为瘸子制造一个立功机会。他的这一招很阴：据说是让瘸子去鼓动黎头越狱，假模假式提供锉刀一类工具，但准备在案发之前及时举报，一举制止越狱事件。这不就立功了？减刑不就有了可能？

按摩女郎把这事偷偷告诉了两个囚友，于是另一个女犯把风声透给了黎头。不用说，黎头心一横，先下手为强，就有了后面的故事。

这是一种说得通的说法。当然，关于瘸子的死还有其他说法。有人说他的哥们统统招了，让他始料未及大为悲愤。他是个心高气盛之人，眼下制毒证据确凿，身为主犯罪大恶极，最好的情况下也会判个无期。听检察官和律师都这么说，他不愿在监狱了此残生，便断然结束自己。

这样说也似乎合情合理。不管出于哪种情况，他的死都让我深为可惜。他一个初中毕业生，做出那一堆堆的高等数学题，一直让我惊叹学海无涯。他对生活的看法，虽不被我全部接受，却使我深深震撼久久难忘。有一天夜深，他迟迟没有睡下，嚼着嘴里的一根干草，一口咬定这个世界已经无药可救了，"……贫困和权势都是犯罪的条件，你要是没碰上它们，当然很容易做好人。"他冲着我冷冷一笑，"世界上的大多数人，其实只分成两种，一种是你说的好人，其实是没有碰上犯罪条件的人。另一种是你说的坏人，不过是犯罪以后没有悔改机会的人，比方说没时间了，不能重新开始了。"

我怯怯地说："你的意思是，大多数人不是潜在的罪人，就是后悔的罪人，是吗？"他点头，"对，我们都是迷途的羔羊，罪孽深重。"

我辩不过他，没有他那么多学问，更没读过他动不动就提到的《圣经》。但我已察觉到他白里透青的脸上有一种死亡气息——那一夜他是不是对噩运已有预感？

多少年以后，我从老魏那里知道了安妮的行踪，一心想找到安妮，想知道她是不是那个给黎头透风的女犯，或者说她知不知道那个女犯——这关系到黎头在我心中永远的一个疑点。当时老魏已经离开机关了，公司又破败了，办公室里堆了半个房间的旧货包，一台传真机据说是坏的，冰箱里只有西红柿和几包方便面，桌上和地上还有薄薄灰尘。看来这里没有安妮那样的小秘书来侍候老总了，也没有多少谈判和会议了。但这并不妨碍老魏打开公文包，拿出一沓沓豪壮的项目书，一个劲向我描绘公司的大好前景。这也并不妨碍他看在囚友的面子上，慷慨接纳我，要我当营销部经理。

"日本贷款还没到位，因此我暂时不能给你工资，但公司的股份给你百分之十，或者百分之十二，你看怎么样？"

我很感动，"魏哥，你对我真是太好了。"

"我是最念旧情的人。与你共过一次患难，对你还是够朋友吧？虽说事后没把你们那些弟兄都捞出来，但看守所面貌的彻底改变，践踏人权现象的基本杜绝，还不是靠我魏总？那两个去考察的著名作家，都是我哥儿们。他们把内参一写，把政协提案一交，公安局就得来乖乖地整改。我本来还想搞个记者团去好好曝它一下光！"

这似乎是事实。

手机响了。从他突然融化如水的五官来看，从他立刻扭动腰肢和翘起小手指的青春活泼来看，手机里想必有女人的香风扑面。他乐呵呵地说不行不行，时间这么晚了，他刚见了中央一个领导，还要等两个美国的传真，实在没时间呵。他又哟哟哟几声，被一只蝎子咬着了似的，说好吧好吧，宝贝，我联系一下美国再说。

他收线了，气恼地摇摇头，"唉，都是我大观园里的一帮妹妹。好厉害！现在没多少客人了，天天把我的手机打爆，要宰我的冤大头！"

他无可奈何地带我去了一个夜总会，一进门碰上领班就吆喝："还有哪些没上台的？都来都来，都算我的！"

七八个花枝招展的女子一拥而出，雀跃欢

呼又饿虎扑食，把我们严密地押进了一个 KTV 包厢。其中有一个还坐到他腿上，攀到他的肩上，差一点就要骑到他的头上。不过，她们今天有点高兴得太早了。老魏确实是来收容她们，不过日本贷款没到位，今天不能给现金，只能开白条。

花蝴蝶们哪吃这一套？她们柳眉倒竖，翻脸不认人，咸鱼小贩的粗话脱口而出，七手八脚把魏总来了个围抢。不仅搜走了他身上的发票和几张小钞，还搜走了他的手机。放在茶几上的一副太阳镜也被人抢走，大概是便宜货，被那个女子看了看，又给甩了回来。一只手表还没解下手腕，已陷入三个疯婆子的争夺之中。

"你们欠打不是？"魏总一脚踢翻了茶几，这才吓得花蝴蝶们一哄而散，"你们也不看看你们自己的样子，眼睛画得熊猫一样，衣服穿得咸菜一样，一看就是个卖甘蔗的，没一点品位，也想在这里混钱？"

看她们低眉顺眼，撅着嘴嘟嘟哝哝，气焰不再嚣张了，他把散乱的头发抹了抹，气平了一些，"叫花子嫌饭馊，还想要现金。哪来那么多现金？现在是文明社会，中国要申请进入WTO，各行各业都要讲道德，要建立现代企业制度，你们首先就要端正服务态度不是？不要唯利是图急功近利不是？不要把一个'钱'字顶在额头上。钱钱钱，俗气！知道不？别说你们这些破冬瓜烂茄子，就是国色天香来了，也不能开口就是钱！你——"他指着一个女子，"要你去矫正牙齿。为什么不去？一嘴桂林山水，还不把客人吓出十万八千里？"他把对方气得哇的一声哭着夺路而去了，又指着另一个胖丫头，"你们也站好！你——讲话最没有礼貌，一点文化都没有，还口臭！只唱得了几首港台歌，连英国在哪里都不知道，美国在哪里也不知道。这样的素质怎么行？你们白天有的是时间，为什么不读读书？像唐诗、宋词、元曲，总要知道一点吧？像国家的基本法律和政策，还有最新发生的国家大事，总要知道一点吧？……"

　　他的政治教育和人生指导看来没完没了，我把一个点歌簿翻过好几遍，最后装作上厕所，溜出了空气混浊的包厢，来到了大街上。

二十二

眼前的街口靠近华天宾馆，有一个贴满小广告的邮局报亭，居然还是三年前的老样子。三年前我就是在这里被抓的，当时被警察反剪双臂，额头顶住了一个肮脏的垃圾桶，屈辱的牢狱生活由此开始。我曾经在监仓里狠狠掐自己的大腿，想把时间掐回到这个垃圾桶，掐回到我到达垃圾桶之前的一刻。

现在我回来了，对着垃圾桶忍不住泪流满面。我的两个同案犯后来终于落网，使案子得以审结，我可以获得轻判和出狱。但我不知道自己得到这一消息时，到底是高兴还是不高兴，就像经过旷日持久的排队，总算排到商店柜台前了，却不知道自己到底要买什么，不知道柜台里的东西是否物有所值。母亲的床上已经空去并且积有灰尘。未婚妻的床下已经有了另一双男人的皮鞋。朋友们的电话号码大多已经改变——我现在应该往哪里去？我当然还能慢慢地找到朋友，听他们谈 GRE，谈技术移民，谈欧二标准，谈真人秀，谈上网灌水，谈党校中青班，还有台阶和助巡……这都是我听不大明白的，就像我当初听不懂犯人的黑话。

他们拍拍我的肩，给我加上葡萄酒和巴西烤肉，约我下一个周末去打球，看他们如何赢下350杆的耐克或者300杆的登喜路……这又是我不懂的黑话，再一次让我额头冒汗，手心发凉，一肚子话说不出来了。他们像我当初见到的犯人，对我这个新来的家伙饶有兴趣。

我不是一直在向往这样的自由吗？不是一直向往这样的明亮和舒适吗？为何一落到自由里反而一身哆嗦？

是的，我自由了，听不懂上等人的黑话但还是应该高兴自由的降临。我一遍又一遍说服自己，我现在不必担心陌生的男人和女人，不必担心任何保安和警车，就是荷枪实弹的武装警察队伍开过来，我也可以在这里吹吹口哨。我没犯法，没有案情。你应该明白这一句话的意思。这就是说，我可以在这里自由地看看天色，挠挠头发，挖一挖鼻孔。我既可以上中巴车又可以招的士，既可以看广告又可以看橱窗，既可以摸电杆又可以摸墙壁，既可以踢一个饮料纸盒又可以踢一块小石子，既可以走进一家小酒吧又可以走进一家理发店……我再一次确认头上没有四方形的天空，确认自己可以在这里幸福地打滚，翻筋斗，做广播操——我曾经昼思夜想的一幕。

我给安妮打了个电话，告诉她这个电话号码是老魏告诉我的。

"我怎么不认识你呢？"电话里口香糖的咀嚼声，还有歌舞厅嘈杂的喧哗。

"我是收音机，你不记得了？"

"什么收音机？"

"我是九号仓的男高音呵。"

"有这样的事吗？"

"我当劳动仔的时候，帮你递过不少条子，还替你到外面补过鞋。"

"我怎么越听越糊涂？"

"你不是安妮？"

"对不起，我不叫这个名字。"

"你又改名了？"

"国家机密，不告诉你。"

　　"不就是藏在哪首诗里吗？怎么不藏在性病广告里？藏在老鼠药广告里？"

　　我有点生气，也生自己的气。我今天打这个电话做什么？是要与她分享自由的幸福或者沉重？是要与她分享回忆的辛酸或者快乐？还是要找个女人唱上一支《红河谷》，然后蹭她一顿饭，再蹭她两支烟？我已经重返生活，正在与人们相忘于江湖。方形天空下的往事一去不返，不再需要我暗暗坚守。

　　"喂喂，"她打断我，"你小子怎么这样嘴臭？不是想来绑票吧？你这个人，想绑票也得先引诱引诱吧。你小子听着，你要是说借钱给我，要是打算送我什么金项链玫瑰花，就再打这个电话。"

　　啪，对方挂机了。

　　我像挨了一记大耳光，怏怏地走出电话亭，把门上掉色的"中国电信"四个字看了好久，好像我还能镇定自若。我看了看天，那片无限开阔的云天，被城市灯光映照得一块块发红，如同一片片无人扑救的大火。大巴车在疲惫地喘息，出租车在鬼鬼祟祟地逃窜，自行车屏住呼吸蹑手蹑脚,像是在跟踪前面的自行车。三五成群的街头闲人看上去在观望与等待,等待着一片无人扑救的大火之下某个事件的发生。

我被三个黑影围住了,退到了墙根。这里离路灯较远,我看不清他们的面目,但脖子下凉凉的刀刃,表明了他们的来意。我有点好笑,因为提包里只有两件臭烘烘的衣裤,我身上也没有手机、手表、钱包以及金戒指,仅有十几块钱还是老魏刚才借给我的,只能让他们白忙活一阵。但他们发现了我手臂上的刺青文身,都是当初用瓷片扎到皮肉里去的:有一条小龙,是我的属相。数字1994612——是我被捕的日子。

"唐家河出来的?"一个黑影这样问。看来他也蹲过仓,知道看守所就在唐家河,知道唐家河这个俗称。

"当然。"

"哪个仓的?"

"九号,十二号。"

"刚出来吧?"

"三天了。"

"刚出来的日子不好过呵。这么晚了还轧马路？提了个包，跟真的似的！"黑影生气地把什么东西往我衣袋里一塞。

等他们走远，我掏出衣袋里的东西，发现是一张五十元的钞票，大概是他们一气之下，勒令我打车滚回家去！

二十三

很多结案的犯人没法"投劳"——即投放劳改单位。这是因为劳改单位大多人满为患。我的刑期是四年，抵掉看守所里的两年，所剩不多，所以我就当上劳动仔，算是在看守所就地服刑。

劳动仔住的监仓要好一些，仓门白天也不上锁，这样说吧，这相当于从三等舱搬进了二等舱，乡下户口转成了郊区户口。因为参加劳动，我们这些劳动仔也有较多自由，有时甚至能跟着警察出外买菜或者运垃圾，看一看市井的繁华，嗅一嗅汽车废气或女人头发的美好气味。但一般来说，我们都不会借机逃跑，谁也不会

干那种因小失大的傻事。我们有的种菜，有的
帮厨，有的喂猪，有的打扫卫生或者修汽车，
分成了若干劳动小组。其中修车组经济效益最
好，地位也就最高，不但可以吃香喝辣，组员
们有时还能请一两天假回家探亲。

我不会修汽车，但毕竟是大学生，可以帮
所里写标语出墙报，还可以给警察的子弟们补
课。我后来得到减刑的宽大，就是因为把两个
警察的小仔子辅导得不错，让他们一举考上了
重点高中——可怜这些小伢仔，跟着家长住在
这破郊区，实在碰不上什么好学校和好老师。
我记得学生中最差的是车小龙，车管教的大公
子，读到四年级了，九九表还背不全，"甲"
字也总写成"由"字。我有一次问他什么是被
除数，他只是傻笑。等我再问，问急了，他才
一举揭穿我的伪装，"老师，你其实什么都懂，
还来问我做什么？"

我当时差一点气得晕过去。

我对这些警察从此多了一份同情。他们别
说管管孩子，就是逢年过节也没法休假，充其
量只能轮着回家吃顿饭。在这样的高墙下一待

几十年，岂不等于判了个无期？他们虽说拿着
工资，但吸最劣的烟，喝最粗的茶，碰到伙房
里杀猪分几斤肉，还高兴得屁颠屁颠地有哼有
唱，这份日子恐怕连好多犯人也要笑翻吧？

　　眼下，我是他们的希望，是他们下一代人
走出刑期的希望，因此大受器重，有头有脸，
趾高气扬，一高兴，堂而皇之换上一件新衬衫，
到值班室去看看电视，甚至同管教打个招呼，
到大门外的小街上吃两个冰激凌，顺便给弟兄
们夹带点香烟进来。有一次，一个探监的家属
把我当成了便装警察，一把拦住我，求我批准
他同儿子见上一面。我耐心地给对方解释政策，
把制度是不能违反的云云说了一大通。

　　我帮看守所出墙报的时候，还经常出入管
理区的房间，参与警察们的一些闲聊，甚至参
与他们的学习讨论。有一个老人，捡垃圾为生，
在车祸中断了双腿，活在世上实在受罪，要朋
友帮他一把，把他背到桥上再丢到河里去，算
是他投水自杀。朋友也是捡垃圾的，想成全这
事，没料到一上桥就被路人扭送派出所，最终
被法院判刑六年，罪名是杀人未遂。警察对这

一判决意见不一。车管教是站在我这一头的，说法院全是胡闹，人家要自杀，自杀就自杀呗，硬留着做什么？不是留着人家来慢慢地害吗？至于那捡垃圾的朋友是受人之托和助人为乐，算得上什么罪犯？冯姐虽然不赞成我们的看法，但说服不了我们。

后来他们在打人问题上又争议不休。车管教说恶狗服粗棍，新加坡那么发达的国家不也有鞭刑么？他由此认定，抓到罪犯，特别是那种没有大罪的，最好不要关，打一顿屁股扔出去，再不就割耳朵、剁指头，额头上烫字，既能增强法律的威慑力，又不伤人命，还省了国家的钱财和警力。更重要的一点：免得罪犯们关在一起互相学坏呵。我在这一点上坚决反对车管教，与冯姐站在一头，强烈抗议野蛮执法论。

姓车的说不过我们，一口恶气最后撒在我身上，"哎哎哎，你来瞎搅和什么？这里有你说话的地方？"

"你……你……你刚才还说我说得好。"

"好个屁，你他娘的是哪个裤裆里拱出来的？"

我气得眼泪都要出来了，"你有话好好说，骂什么人？"

"骂你怎么了？你以为教了几页书，就上天了？人模狗样骂不得？呸，要不是我以前修理你，你小子有现在的出息？"

他不说也罢，一说就勾起新仇旧恨，顿时气炸了我的肺，"姓车的，难怪你那儿子也是个木瓜脑袋。你有什么了不起？干了几十年还是个小警察？你今天可以横，可以凶，但我总要出去的吧？你就不怕你以后老眼昏花的时候在街上碰到我？"

我没说出的话是：你就不怕碰上我的奔驰600？

"稀奇，稀奇，今天是国民党上台了么？"

他跳出椅子，怒气冲冲去寻手铐，但冯姐拍了我的脑袋一下，一把拉住我出了办公室，算是给我及时解围。

她偷偷对我说，车管教的老爹病了，他老婆又在老家的木器厂下岗，闹得他最近脾气很坏，疯狗一样见人就咬。你不要招惹他。

二十四

有一次，我跟一个管教出外买菜，在菜场里遇到了贵八条那件腌腊制品。他见我衣着整洁，戴了手表，惊得半天合不拢嘴，把我上上下下看了好几遍。

"你现在是干部了？"

"没有，劳动仔，也就是当个组长。"

"组长也是干部，差不多的。兄弟，这事全靠你了，你一定帮我去找政府们说个情。"他的"政府"是指警察，他的事就是要回来当劳动仔。

"出去了还想再进来？"我觉得太阳从西边出来了。

"你们看在老交情的份上，总得给我一口饭吧？"

"你没饭吃？"

"吃什么饭？不瞒你说，我天天在这里捡烂菜叶子，晚上就去翻垃圾桶，一张脸皮早就甩在地上，被踩了好几脚，不要了。兄弟，你不知道呵，像我这样的人，年纪大，没文化，又是唐家河出去的，人家一听就怕。谁要呢？现在没有工作的大学生，都一抓一大把的。"

"你肯定是懒，上班打瞌睡。"

"天地良心，我做事的时候连尿都不屙。"

"据我所知，所里现在不缺人手呵。"

"我就打打杂，不行吗？我洗菜切菜是把好手，扫地拖地也是把好手，就是喂猪掏粪也行。你们不想做的事都归我了！不行吗？"

我不能支持他的异想天开。我就算衣着整洁像个便装警察，就算在政府那里有点小面子，也没有能耐把他抓到仓里去就业。我摇摇头，不能接受他一个打火机的贿赂，也不知道那打火机是从哪里捡来的。

我拉着一车菜走了，听见他在我身后大骂："你们见死不救？你们一个个都良心喂狗哇？老收鳖——"他只记得我的外号收音机，"你去告诉他们，他们放了我就不管我了，将来老子去杀人，老子去放火，莫怪我丑话没有说在先呵……"

他其实是个胆小的人，后来并没有杀人和

放火。我听人家说，他刑满释放以后，老婆早已经跑了，一个女儿也不认这个劳改犯父亲，过年都不来与他见面。他到乡下养过鱼，喂过猪，但不巧鱼发了瘟，猪也不怎么长肉。他后来借钱买了一部三脚猫，就是那种吐着黑烟的三轮车，在小街上钻来钻去送客。城管队扣下了三脚猫，说这家伙破坏市容，又是无证黑车，不但要没收，还要车主交罚款五百。他百般求告没有用，自扇耳光没有用，下跪喊爹爹也没有用，一气之下，解下车架上挂着的一瓶汽油，把三轮车一把火烧了，"你们没收呀！没收呀！拿去吧！拿去吧！哈哈哈……"

这一故事最后的情节，是他把剩余的汽油淋在自己身上，一划火柴，一个众人围观之下的火球就跳跃着，奔跑着，旋转着，从大街上烧到花坛里，又从花坛里烧到人行道上，又从人行道烧到墙根，直到火焰渐渐熄灭，冒出缕缕青烟，一个黑糊糊的活物还在那里抽搐。街上来来往往的男女，对这个火球大感惊慌。

但没有一个人来灭火。没有一个人来扑打火焰，没有一个人去寻找灭火器或者水桶，最后只有一个老乞丐，用一床烂棉袄捂灭了他身上的余烟。

幸亏汽油不算多，没把他烧死。人们这样说。

在他的一个侄儿闻讯赶来之前，只有老乞丐在街上抱着他老泪横流号啕大哭……人们还这样说。

二十五

每次走过九号仓和十二号仓，我都有一股庆幸感和优越感油然而生，也有一点没来由的惭愧，好像我正独享荣华富贵，把幸福建立在弟兄们的痛苦之上。这样，我拖着大木桶给九号仓和十二号仓打菜时，勺子总是往菜汤面上削，好歹多刮一点油花子，或者勺子尽量往底下沉，好歹多捞一点有分量的干货，以表示一点心意。如果他们要我递字条，只要不是太出格的，我也尽量通融，包括把一些错别字连篇的字条传去女仓。

我同各个仓的关系都搞得不错。我悦耳的

口哨或哼唱,常常激起这个或那个仓里的掌声。

女仓的人越来越少了。自从上面对肃娼有了新要求,一两个避孕套已经不能成为证据,定案难度大大提高,警察们就不大往这里送女人了。待这里的女仓空空荡荡,由八个减到两个,男犯们的字条也就大大减少。监区也冷清了许多。

不知道是不是因为这一点,男犯们更加容易焦躁不安,一个个炸药包碰上火星就炸。一个四川佬,不过是两个月无人探视,就绝望得轻生自杀,吞下了铁钉,痛得自己满地打滚。管教把他抬到伙房,让我们找来一些韭菜,用开水烫软了,再用筷子撬开了他的嘴巴,把一缕缕韭菜塞到他的嘴里去,忙得我们大汗淋漓,后来还一直苦守着他的肛门,看韭菜能不能裹住钉子从那里排出。还有一次,不过是打扑克时输赢几张纸片,一种硬壳纸剪出来的假光洋,几个犯人居然争执不已,继而大打出手,把全仓人拖进了一场恶斗,打得五个人骨折或脱臼,又一次让医生和我们忙得喘大气。

九号仓的越逃是不是也与此有关,也不得

而知。我一直没有察觉到任何先兆，从未在黎头眼里发现过异常。据说有一家伙去预审室受审，偷偷从谈话室的窗台下拧下一支风钩，带回了仓里，小斜眼就用它来挑剔砖缝。几天下来，果真挖掉了一口砖。无奈的是，砖那边是厚厚的混凝土，铁一样硬，实在挖不动，他们只得悻悻罢手。但他们不甘心，后来细细考察监仓的每一个角落，终于发现仓里的三道裂缝中，有一条最有价值：监视窗的窗框有些吱吱的松动，是个最可能利用的破绽。他们把床单撕成布条，再搓成布绳，绳的一头锁紧窗框，另一头由弟兄们轮番上阵，进行冲击式的拉扯，忙活了三四天，终于靠着水滴石穿的精神，拉开了窗座部位的一条长长裂缝。看来，只需要再加一把力，整个窗框就要连根拔起，轰隆一声垮塌下来，自由与清新之风就要从缺口一拥而入。

他们喜出望外，暂时不再拉了，让窗框悄悄回位，让墙缝重新合拢，看上去不大明显。为了遮人耳目，他们每天还在那里挂一件衣，好像是晾晒，其实是掩盖现场，让警察看不出什么。

他们现在需要等到一个合适的行动时机，需要更多的观察和准备。说来也怪，那一段我去过九号仓，收垃圾和喷药水什么的，从没注意窗上那件晾晒的衣。管教们也去那里检查卫生评比先进，早晚还各有一次人头清点，但也没人注意窗上那件衣。

隔壁八号仓的闹事险些坏了他们的大计。八号仓的犯人馋肉，指责所里的伙食近来油水太少，一个星期两次吃肉也都是吃些肥肉片，一点都不爽。他们在八一建军节那天突然闹事，强烈要求纪念建军节，说七一党的生日那天加过肉的，为何建军节就不能加肉呢？难道看守所要大家爱党不爱军不成？……他们觉得这一吃肉的理由理直气壮，大义凛然，气吞山河，于是表现出对人民军队的无限深情。也不知是谁，弄到了一支口红笔，在每个人的额头画出一个大大的红五星。

热烈庆祝中国人民解放军建军节！中国人民解放军万岁！坚决抗议看守所不准我们庆祝建军节！决不容许任何人贬低和丑化中国人民

解放军！决不容许任何人对抗我伟大的钢铁长城！军民团结如一人，试看天下谁能敌！人民军队爱人民，人民军队人民爱！……他们把能想出来的口号都想出来了，吼得慷慨激昂，甚至有点悲愤和悲壮，好像他们的拥军之心受到了可耻的践踏，好像他们突然都成了威武不屈的英雄战士，身上还带着弹片,脚上还缠着绷带，刚刚经历二万五千里长征或国内战争三大战役，刚刚从英雄的火线上撤下来，一回到后方竟被几个小管教无端欺压。

　　　　向前向前向前，
　　　　我们的队伍向太阳，
　　　　……

　　八号仓这么一唱，其他仓的犯人也心领神会，于是脚踏祖国大地肩负人民希望的雄壮军歌立即激荡整个监区，只是唱得比较乱。记不住歌词的时候，有些人把"我们的队伍向太阳"当成全部歌词，翻来覆去只有这一句，一直唱到"向呀么向太阳"才住嘴。警察们如临大敌，荷枪实弹全面警戒，但他们冲着炸了锅的军歌有点犹豫，大概觉得唱乱了的军歌也是军歌，冲着军歌下手是不是有点不妥？

结果，伙房里给大家加了肉，算是大事化小。

但警察们咽不下这口气，为了修理一下八号仓，车管教带着人对这个仓来了次突然搜查。他们想找点把柄，比如找到香烟一类违禁品，借机严惩闹事者，让他们知道人民军队是不好当的，吃进去的冤枉肉是要吐出来的。

不料这一搜，竟搜出了半条锯片，吓出警察们一身冷汗。要知道，锯片不是一般的违禁品，足以威胁到镣铐、铁锁以及窗户的铁栏，足以造成重大的越逃事故，进而砸掉好多警察的饭碗！全体警察紧急行动起来，不仅严查锯片的来源，而且对其他各仓也一一大搜查，消灭任何可能存在的隐患。他们简直是挖地三尺，把棉毯草席掀个底朝天，把每一条墙缝和每一个衣角都不放过，连瓦片石块鞋带裤带一类也统统收走。

照理说，小斜眼他们很难逃过这一劫。奇

怪的是，他们似乎有准确的预感，那支风钩不翼而飞，那块脱落的砖头复位如旧，挂在窗口的衣衫摘下来了，但墙缝被饭粒填充和黏合，居然骗过了警察的眼睛。他们只是损失了几块瓷片，损失了一副纸团与饭粒捏成的麻将，还有黎头的两个大歌本——警察对他一直不放心，觉得他的东西无可疑，无不散发出毒气。

时间到了农历七月半这一天。七月半，鬼门开，家家户户都接鬼祭祖，尤其是车管教这种农村来的人，午后都请假回家去了。看守所特别安静清冷，只有墙根的蟋蟀叫有一声没一声。

晚上十二点左右，监区里传来沉闷的轰隆一声，但混在附近人家接鬼祭祖的一串鞭炮声里，几乎没有人听到。这天是冯姐值夜班，顺便在管教队办公室里写份材料。她上厕所的时候，路过监区大铁门，眼角的余光里有几个人影晃动，但没怎么引起她的注意。直到她走出了十多步，才觉出有点不对劲：今晚既没有提人问话，也没有劳动仔打扫卫生，院子里怎么会有那些人影？

她大惊失色，跑回大门一看，天啦——果然是一伙犯人出了窝！

事后有人说，如果冯姐处事冷静一些，就不会吃那么大的亏。她当时明知警力不够，又不知对手的底细，第一件事应该是检查监区大门，确保大门已经上锁；第二件事就是赶紧检查管理区大门，确保这道门也上锁。有了这"回"字型的两道高墙固若金汤，再拉响警报，打出电话，急调警力前来增援，事情就糟不到哪里去。但她偏偏忘了这些，似乎是急昏了头，连电棒都没有操一支，打开监区大门就冲了进去。一个女流竟想弹压一群暴徒，还能不被人家活活包了饺子？

事后人们还说，如果不是另一个值班管教头脑冷静，赶紧把监区大门重新锁住，暴徒们就完全可能从大门一拥而出，可能迅速控制管理区的电话、警报器、各种钥匙，还有武器和管理区那最后一道大门。事情若到那一步，一切就不可收拾。

冯姐赤手空拳对付三十多个犯人，完全没有胜利的可能，就算是带了枪，也根本没法阻挡越逃者的滚滚洪流。几个对她怀恨在心的强奸犯，一见到她，冤家路窄，几个回合的格斗下来，靠着人多势众，狠狠掐住了她的脖子，加上砖块重重一击，把她当场拍昏倒地。大门外的同事看见她一头鲜血倒下去，急得跳脚，但顾及到敌众我寡，不可能开门去救她。

枪声响了，但手枪火力小，射程也不够，不过是放几声闷屁。从大门外射击，又被值班室和医务室挡去了一大片空间，对越逃者不构成什么威胁。

警报器也响了，响出了监仓的一片骚动。每个窗口都冒出人头，贴在栏杆后面，显得兴奋不已。"找钥匙！找钥匙！要跑兄弟们一起跑呵！"有人这样央求。"快去抱棉被来！没有棉被如何爬得过电网？"有人这样指导。当然也有人表示忧虑，说九号仓的蠢鳖活得不耐烦了，今天硬要鸡蛋碰石头。

越逃看来是有充分计划的。小斜眼首先带人占领了监区内的值班室，大概是想找钥匙打开所有的仓门。一旦发现没有钥匙，他们就操起椅子，把电路总闸和配电箱砸得稀烂，监区的电灯全部熄灭，顿时黑寂寂一片。他们的计划当然也有漏洞，比如监区的电灯虽然灭了，但监区外有另一个电路系统，依然完好无损，使警报器还在响，岗亭上的探照灯还在扫射，高墙上的电网也还通着电。有一个犯人被电网打出一声惨叫，掉下了人梯。另外的犯人抱来棉被和值班室的化纤窗帘，把它们递上墙用来隔开电网。时间一秒秒过去，他们眼看就要爬过高墙，但被岗亭射来的一梭子子弹，吓得缩了回去。小斜眼较有经验，从值班室拆下一个蚊帐架子，撑起一件衣服，不断冒出墙头招摇，吸引着岗亭射来的子弹。岗亭上的武警果然中计。他们没料到今晚上出事，没有准备足够的子弹，加上一紧张，手指一颤，一夹子弹就嘟嘟嘟嘟打光了，甚至都打到天上去了，几个弹夹很快就成了空夹。他们在岗亭里急得团团转，眼看着犯人们正一个个越过高墙。

就在犯人们哇哇哇地欢呼的时候，就在第二道高墙也要被人梯突破的时候，谢天谢地，远远的警车呼啸，增援警力终于来到。指挥官用电喇叭指挥行动，敦促越逃者投降。管理区和监区的两道大门都被打开，黑压压的武警和警察一拥而入，潮水般扑向每一个角落。手电光柱交叉横扫，刺刀寒光闪闪，所到之处都有越逃犯人的鬼哭狼嚎。人梯最下面的一个犯人被电棒击中了，身子一折，上面的两个就呼啦啦栽下墙来。还有两个犯人刚用破布条结成一根新绳，一见阵势不对，立刻高举双手。

"报告政府，我是被迫的……"

"报告政府，我不跟着跑就会被打死的……"

"报告政府，我刚才没有跑，一直坐在院子里等你们。我现在告诉你们，他们往哪里跑了……"

犯人们在刺刀面前都吓得变了声，知道这次祸闯大了，一个个急着开脱自己，做出无辜羔羊的可怜模样，或者是里应外合喜迎友军的激动姿态。

管教们把他们集中起来，在院子里排成一线，抱着头蹲下。人数已经清点过：除了三个受伤，三十八个犯人还差八个。

管教们再次惊慌失色，忙去清查九号仓，清查其他监仓的门锁，清查管理区的每一个房间，查得大家一个个声音发颤：他们难道插翅飞了不成？他们不是没有爬过外墙吗？

所长突然一拍脑袋，"我知道了！"

所长带着大家赶往公厕，在公厕后面找到一个废水池。池边果然有踩倒的青草，池里果然有刚刚泛起的一层泡沫，旁边是一个洞开的污水管。

他们冲出看守所，来到墙外的野地，在离高墙大约一百多米的地方，找到了一堆废石料。大家确定位置以后，把石料搬开，暴露出下面一个沉沙井的水泥盖。水泥盖再打开，手电筒一照，下面果然有两只闪动的眼睛。

出来！出来！统统出来！警察们大喝。

不要开枪……里面好像有人声。

两只眼睛出来了，又有两只眼睛出来了，又有两只眼睛出来了……一共八对眼睛爬出了井口，一对也不少。他们眼睛以外的一切部位都是粪泥，黑糊糊的看不清楚，而且恶臭扑鼻。

这真是谁也没有想到的结果。事后听人说，几天前有个农民在这里拆房子，拆下了一些石料，临时堆放在路边，刚好压住了看守所的这

个沉沙井盖。人算不如天算，就凭这个极为偶
然的堆放，越逃犯人们顺着污水管爬到这里以
后，拿出吃奶的气力也没法顶开井盖，真是喊
天不应叫地不灵。污水管太窄逼，他们也没法
循原路返回，更没法调头，只好在这里卡成了
一节节臭肉灌肠，耐心等待着束手就擒。

两天后，警察们敲锣打鼓，放一挂鞭炮，
给拆房子的农民送来了一箱酒，让农民觉得莫
名其妙。

二十六

生活，是一张网
生活，是一堵看不见的墙

墙上有几行歪歪斜斜的字，不知是谁留下
来的。我正在看着这行字，屋檐上掉下来一只
大飞虫，有气无力地扑腾，已经是半死。我身
旁的一个劳动仔骂道："娘的，谁要倒霉了。"

我知道是谁要倒霉了。囚车已经停在大门
外，十几个武警士兵已经在那里严阵以待。"严

惩暴动越逃首犯"一类标语是我前一天张贴上去的。伙房里照例早早地做饭，特地做了一份红烧肉，一份炒鸡蛋，一份油炸带鱼，还有一盘小菜。当我把这些菜端去办公室时，好几个仓的犯人大概闻到了菜香，大概是听出了我脚步声里的沉重，于是传出粗粗哑哑的歌声：

> 人们说，你就要走向刑场，
> 我们将怀念你的微笑。
> 你的眼睛比太阳更明亮，
> 照耀在我们的心上。
> 走过来坐在我的身旁，
> 不要离别得这样匆忙；
> 要记住唐家河你的故乡，
> 还有那白发苍苍你的爹娘。

歌声一浪一浪地荡漾和涨涌。我知道这一首改词的《红河谷》是为谁而唱。小斜眼被三个警察押着，已经坐在办公室了。他双手戴了手铐，脚上挂着铁镣——所里最近已经取消了脚枷。他听见脚步声，抬起头来，冲着我淡淡一笑。

"强哥……"

他看了饭菜一眼，摇摇头。

"强哥，你多少吃一口。"我差点要哭了。

"你去帮我找件衣服吧。"

我看了车管教一眼，得到他的默许，慌慌地向自己的监仓跑。我失神地跑了起来，跑得耳边风声嗖嗖，跑得身边的窗口都拉出了扁平和倾斜。其实我不知道要跑到哪里去，甚至忘记了自己眼下要去干什么。我真希望脚下的路有十里长，百里长，千里长，万里长，绕过地球一圈又一圈，永远不要有终点，永远让我像箭一样狂奔不止，让我真正地飞扬起来撞入太空……

我取回了自己最好的一件深褐色夹克，还带来了梳子、头油，外加从女警那里借来的摩丝发胶，回到办公室里，把强哥稍加收拾打扮，使他的刺猬头又湿又亮，看上去有香港小歌星的模样。

"谢谢你。"他看了我一眼，眼神分明是在说：还是你了解我。

门外不时有人走过，但脚步声让他的目光

一次次黯然。我知道他在等待一种脚步声，一种我们都熟悉的脚步声。我们这些蹲过仓的人对脚步都有特殊辨别力，能从脚步声中辨出是谁来了，能辨出此时来人的脸色、心情、脾气、想法。一个负重的人，走路决不同于一个空手的人，一个前来找麻烦的人，脚步声决不同于一个前来报喜讯的人。

小斜眼目光跳了一下，好像听到了什么，但我什么也没听出来。他的目光更明亮了，有一种全身毛发竖立的神态，但我还是什么也没有听到。直到最后，我才不得不佩服他的狗耳朵：一种熟悉的脚步声果然从寂静中潜出，由远而近，由近到更近，风风火火撞开大门。"不是说九点半吗？怎么提早了？"冯姐一进门就冲着车管教直嚷。

冯姐自从越逃事件以后，因为脑部严重受伤，又因处置失误受到批评，调去交警部门已快一个月了。

"我怕见不到你了。"小斜眼对她一笑。

"我说了来，肯定就会来的。"

"你能答应来送我，谢谢你，真的。"

冯姐叹了口气，"国强，你是不是有什么话要同我说？"

"我就是怕没机会同你说了。"

"你慢慢说，我听着。"她抽了一张椅子，与他面对面坐下，紧紧盯住对方的眼睛。

"上次越逃……是我挑头，但我不知道是你值班，也没有要他们打你。我只是没管住……对不起了，冯姐。"

"事情不是过去了么？我知道你不会害我。"

"不，我得让你知道这一点。我不能对不起你。每年中秋节的月饼，是你送给我的，不是我妈送的。我知道。"

"这些小事还说它做什么？"

"我知道，今年春节那双鞋，也是你买的，不是我妈买的。"

"谁买的不都一样？"冯姐有点慌乱。

"你用我的名义给我家里写信……"

"是这样吗？我写过么？……"

"冯姐，你不要哄我。我不是小孩子，心里一直很明白，只是软话说不出口，没说惯。我知道你是怕我伤心，怕我孤单。其实我不怕孤单。我说出来怕你不相信：我不怕别人对我坏，只怕别人对我好。别人一对我好，我就欠了账，就还不起了。"

"你不要这样想。"

"你听我说。我知道，这几年我妈从来没有来过一次，这几年我妈从来没有给我送过任何东西，我妈从来没有我这个儿子。这样好。这样我就少欠她一些。我虽然长得像她，但我是她不该生出来的孽种，我是一个不该有妈的野人，畜生！"

"你妈也许是病了，也许有别的什么原因……"

"不，我不配有妈，根本不配！只是我以前不明白这一点。那一次，"他深深地吸了口气，"那王八蛋要赶她出门，我怕没了她，从被子里爬出来，跪着求那王八蛋，抱住那个王八蛋的腿，求他不要把我妈赶出去，说外面又下雨又冷，妈妈能到哪里去呢？当时我只有八岁，八岁呵——"小斜眼全身一震，喉头被什么卡住了似的，停顿在一个呕吐状，嘴巴大张，满满咬住了一口气，好一阵没声音。

冯姐眼圈红了，把僵硬的他搂在胸前，轻轻地拍着他的背，"国强，你不要说了，不说了。你错误犯得太多了，几件重案在身，活下去也没什么意思。是不是？你就安心地去吧。像俗话说的，好汉做事好汉当，胸膛一挺，眼睛一闭，就那么回事。早去早投胎，来世重新做人……"

"我下辈子不想做人了！冯姐，我要做狗，做猪，做老鼠，做臭虫蚂蚁，绝不再做人！"

"你要相信，你下辈子一定会有个好妈，一定会换一个好妈……"

"我不要妈，再也不要妈！"

我事后记得，在场的两个警察也红了眼睛，连车管教也捏了捏鼻子，转过身去，两手插在裤袋里，看着墙上一排镜框里的监规公示。

门外的汽车喇叭一叫再叫，大概是司机等得不耐烦了。一个警察用对讲机与外面低声联系。强哥擦了擦眼睛，把头抬起来，平静了一些，有如释重负之态，脚镣哐当一声，他站起来向明亮的门外走去。

在出门的那一瞬，他略略回了一下头，看着地上，意思是再见了。

没有人回话。

"有个小礼物要送给你。"他是冲着冯姐说的,但对我使了个眼色,要我去看看他的鞋跟。

我摸到他的鞋跟,摸到了一个隐蔽的夹层,小指头在那里一挑,挑出了两块小铁片。从凹凸不平的齿边来看,是私下磨制的钥匙。

蹲过仓的人都明白,这是对付手铐和脚镣的暗器。这就是说,他刚才突然改变主意,放弃了途中越逃的可能。

我把钥匙交给冯姐,发现她的手哆嗦着,差一点没有接住铁片。我看见她捂住嘴,圆圆的娃娃脸上泪水双流。

二十七

我听到一个管教的脚步声远去,渐渐消失在夜色里。但只要我竖起双耳,屏息静气,紧紧地咬住它,守住它,跟住它,它就不会完全消失,虽然在耳膜里微小如尘若有若无,但一直波动在那里。它来自水泥地上,沙地上,泥地上,木板上,新木板或旧木板上,音色并不完全一样。我甚至能从它微弱的偏移或稀薄，听出那双旧皮鞋是踩歪了沙粒，还是踩倒了青草，碰到了木楼梯。我有些惊讶和兴奋，甚至相信只要我这样全神贯注地守住，我就如同在两只鞋底上装了窃听器，能远远地听出行者的一切，听出他到了哪些地方，见了哪些人，做了哪些事，包括放出什么样的哈欠和发出怎样的长叹……我可以把他的一切秘密了如指掌，哪怕他在一百面高墙之外。

我摸摸额头，估计自己是病了。

二十八

就像老魏事后夸耀的那样，他那两个作家朋友来访以后，写了份内参，又写了什么提案，狠狠参了看守所一本。加上不久前的越逃事件引起震动，上面终于决定把这个破旧不堪和管理不善的监所推倒重建。这样一来，在押人员开始分流，我与其他九个劳动仔，还有三十个已结案犯人，将去省拘留所代管半年。我好端端的幸福日子，被两个多事的文人给搅了。

这一天,两辆警车和三辆囚车开到了所里。十来个警察灰头土脸地下车,大骂这是什么鬼地方,今天这一路真是倒大霉了,一人少说也吃了半斤土。其实,最近这里修路,路确实难走一点,但不值得他们发这么大的脾气,一来就没有好脸色。他们大多拿出手机打电话,电话里大多是骂骂咧咧,没工夫与前去迎接的管教们握手。他们拍灰,洗脸,抹头,刮鞋泥,上厕所,又嘲笑这厕所里还养着猪,连个卫生纸也不准备,差一点逼着他们拿竹片刮屁股,真是有浓厚的乡土气息呵!

他们喝茶时也不顺心,说这里居然还用着搪瓷杯,也没有一次性的纸杯,革命传统好是好,就怕染上什么病。犯人家属来了也是用这些杯子吧?犯人家属里就没有口臭、肝炎、痢疾、肺结核以及艾滋病?

一个大个子警官,看上去是个领头的,扯了一张钞票给车管教,"兄弟,我们不熟悉附近的情况,烦你去提一箱健力宝,要不矿泉水也行。"

车麻子把热水瓶和所有的搪瓷杯收走,没

有说什么，又大汗淋漓地扛回两箱饮料，一张马脸拉得长长的。

交接程序其实不复杂。管教叫一个名字，一个犯人就出列向前，经省城来的警察对照表册验收，然后上囚车待着。

轮到我上车的时候，大个子警官指着我手上的可口可乐瓶子，"什么东西？"

我说是茶，路上喝的。

"扔掉！"

"这四五个钟头的路程……"

"就是再长的路程也不准喝！喝多了就要撒尿，一撒尿就搞名堂。想脱逃是吧？"

"天气这么热……"

"热怎么了？是请你们去当官，还是请你们去出国观光？"

"这是车管教同意了的。"

"车管教？你飞机管教也不行呵！"

他的同伴笑了。我回头瞥一眼，发现本所里的管教都没有笑，车麻子更是黑着一张脸，不过还是没说什么。

"婊子养的！"车厢里有人嘀咕。

　　大概是顺风，一声嘀咕竟然被大个子听到了，听得他突然一愣。"谁在说话？说什么呢？"他把头探过来，把车上几个人的脸色一一看去，一眼就锁定刚才的嘀咕者。"你——就是你——你下来！"

　　嘀咕者当然不愿意下去，只是往人后躲。我们也用腿暗暗拦住他，不让他吃眼前亏。这把那警察气坏了，他叫了几声没有结果，恼羞成怒，挥舞着警棍跳上车，一棍敲在我头上，一巴掌就把嘀咕者抹倒在地。"你给我再说一遍，再说一遍！"他的皮鞋和警棍一齐下去，车厢里立刻哇哇乱叫，乱成一团。为了夸张警察的粗暴，不但是挨打者，就是我们这些旁人，没事也会大声惨叫的。

　　车管教突然大叫一声，"住手！"

　　大个子气喘吁吁回头，"什么意思？"

　　"到这里发猪头疯么？"

　　"你……你才发猪头疯哩。"

　　"屙屎也要看地方，打狗也要看主人。这里是你撒野的地方？你耀武扬威惯了吧？称王称霸惯了吧？一点规矩都没有，眼里根本没有我们这些王八蛋是吧？"

"我打坏人，你心痛什么？"大个子警察跳下车，"奇了怪了，你叫什么名字？你同这些人渣什么关系？难怪说你们唐家河黑得很，乱得很，原来我还不相信，今天可算是开眼界了。警察强盗亲如兄弟呵，打断了骨头连着筋呵，平日里红包什么的没少收吧？……"

"你小子胡说八道，小心我撕了你的臭嘴！"

"你敢！"

"你再说一遍！"

"我说！就要说！你能把我怎的？"

双方都不是省油的灯，双方都有铁哥儿们，不管有理没理，先向着自家人再说话，决不能胳膊肘往外拐。他们先是争吵，接着是推推搡搡，最后一个大盖帽打飞了，不知道是谁先出手，一支手枪亮出来，另一支也亮出来，一支支全出了套，一支顶着一支，一支咬住一支，成了互为目标和互加钳制之势，你中有我，我中有你，全都落在火力网里。省城警察的两支微型冲锋枪也顶上火。没有带枪的警察操起警棍，或顺手拖来一把铲子，举起一把椅子，拾起一块砖头，随时准备投入战斗。连伙房里的一条狗也紧张地发出狂吠，把车上和车下的犯人全都吓得目瞪口呆，根本不相信自己的眼睛——共军打共军的枪战眼看着一触即发。

场面僵住了，呼吸都声声可闻，谁都不敢妄动。省城警察清一色的钢盔和武装带，清一色的年轻小伙，面对老少不齐着装杂乱的本地管教，简直是宪兵队碰上了团丁。但宪兵队毕竟人少势单，在枪口的团团包围之中，只能自己下台阶。

大个子首先收了枪，说有话好好说，有话好好说，自家人刀兵相见，像什么话。他一挥手，他的同伴都把枪垂下来了。这头的人眼见对方退了一步，也只得把五花八门的武器收敛。大个子把车管教拉到一边，又是递烟，又是打火，又是拍肩膀，叽叽咕咕说了好一通，使对方终于和缓地吐出一口烟。

车管教还是黑着一张脸，走到囚车前，冲着大个子说："你听清楚了。这四十个人今天交给你，半年之后由你们送回来。这是上面的命令，不是我们求着你们扶贫救灾。你们不想接，找上头说去，有气不要冲着我们发。是不是？你们省里的水平高，谱大，好，但不要把唐家河的人不当人，明年把这四十个人送回来，谁缺个胳膊少个腿，缺个牙齿少颗痣，你们损坏照赔，休想赖账，到时候莫说唐家河的门槛不好跨！"

他又瞪了我们一眼，"你们也听清楚了，一张张臭嘴给我刷干净点！一个个乌龟脑袋给我缩进去点！出去惹是生非，坏了唐家河的牌子——莫说老子不给脸！"

我们使劲地点头。

我很想更使劲地点头。

"拿着！"他把路边那个装着茶水的可口可乐大瓶捡起来，抹一抹上面的灰，往我手里一塞。

囚车咣的一下关了门，上了锁，起动了。我们挤在小小的后窗，争着把手举起来，伸向窗口，好让车管教看见。我看见他抽着那支烟，弓着背脊，吃力地推着大铁门，甚至没朝我们看一眼，一眨眼就消逝在车后扬起的土黄色尘浪中。不过，即使他朝这边看，他也不可能透

过满是尘垢的小窗，看见我们告别的手，看见
我们眼里的泪花。我在摇晃的车厢中，很快就
想不起他的面目了，似乎往事摇着摇着就破碎
了，匀散了，没有了，再也无法聚合出原形。
我摇着摇着只记得收拾过办公室垃圾时，发现
他的烟屁股最惨，每根都烧到了过滤嘴，甚至
烧焦了过滤嘴。我摇着摇着摇着还记得他手腕
上经常缠着一根红布条——肯定是避邪的迷信
把戏，说不定是被监区那盆神秘白玉兰吓出来
的。当时我还猜想过他是不是成天穿着一条红
短裤。

我把自己的手腕狠狠咬了一口。

枪手

　　油印工序大体是这样：先用尖头铁笔在钢质垫板上刻写蜡纸，然后把蜡纸挂上墨网，用滚筒蘸上油墨碾印，于是油墨透过诸多刻痕，一张张传单或小报便大功告成。这种活很奇妙，干得多了，少年们免不了别出心裁再干出一些花活，比如用多机实现多色套印，或在蜡纸上下足功夫，时琢时磨，时剔时刮，居然能捣腾出木刻、工笔线描一类图像，甚至印制出深浅不同的水墨层次，与铅印的正规报刊相比，效果难分高下。可以想象，要是红卫兵"停课闹革命"再闹上几年，一代铁笔艺术家茁壮成长，就靠那些侏罗纪风格的老装备，蜡刻印象主义或蜡刻浪漫主义也许要流派纷呈的。

多年后，徐冰说起当年，出示自己的一些油印插图，我一见就会心。想必这位大腕当年也是脸上常有油污，指头磨出硬茧，上街只看墙头张贴的小报，看小报又全然不在乎内容，目光直勾勾的，只是留心标题、版式、配图的艺术高招和创作心机。惺惺惜惺惺。他肯定注意到街头最精美的那几家小报，隔空神交了许多同道好汉，恨不能千里相会聚首把臂一吐衷肠。

我也在这个江湖里混过。

其时年满十四。

本人最大的从业污点是伪造印章。说实话，既然铁笔下能有艺术流派，刻出印章效果就只是小菜一碟。全国学生免费大串联历时约半年，终于被叫停，但同学们心痒痒的还想出去逛，于是盯上了铁路系统的内部车票。在他们怂恿之下，我借助一把放大镜，在蜡纸上精雕细刻，再用抹布蘸上油墨轻轻涂抹，很快就制作出铁路局的什么函件，其大红印章看来看去，几可乱真。有同学一见就乐坏了，"你索性再刻一个中央军委的公章，我们坐上轰炸机出去耍耍呵。"

以这种假印章骗车票居然多次成功。就这样，这一年夏天，好友们一伙去了广州，另一伙去了北京，再不济的也去畅游岳阳或衡阳，校园里变得异常安静，只有绿树深处蝉声不息。他们去的那些地方我早已去过了，便留校守家。我所在的长沙市七中与烈士公园为邻，校园北部的山坡外就是浏阳河。如果同学们都在，我们常去河里骚扰民船，以满船的西瓜或菜瓜为目标，讨不成就偷，偷不成就抢，图的是一个快活。后来还有更神通的战法，那就是一齐对船老板大喊"陈老板——"或"樊老板——"。"陈"谐音"沉（船）"，"樊"谐音"翻（船）"，都是美丽江面上最狗血的咒语。有些船民一脑子迷信，一听到这种叫喊就叫苦不迭，就急得跳脚，实在招架不住，只好往船下丢几个瓜，算是堵上小祖宗们的臭嘴。

可惜我眼下孤身一人，构不成声势，没有

预言"沉船"或"翻船"的威慑力，只好怏怏
地提一条游泳裤提早回家。

事情就这样发生了。1967 年这一天的回家
之路实在落寞得很，无聊得很，一路走得郎里
咯郎。我走过飘飘忽忽的体育馆，摇摇晃晃的
公交牌和米粉店，在白铁作坊前还没把弧线剪
材看出个门道，忽听身后一声暴响。

事后依稀分辨出来了：枪声！

事后我还回忆起来了，街面顿时大乱，人
们像一群无头苍蝇惊慌四散夺路而逃。如果我
拍拍脑子，掐一把皮肉，还能回忆起一个老太
婆摔跤了，另一个汉子盯住我的左腿大惊失色，
于是我看见自己裸露的大腿上，有一个扣子般
大小的血洞，开始往外冒血。这是什么意思？
这红红的液体不就是血吗？我的天，刚才那一
枪是打中了我？世界上这么多人影，我招谁了
惹谁了，竟然如此背运，早不回晚不回偏偏要
在这一刻回什么家，千辛万苦把自己往那个黑
洞洞的枪口上凑？

我没感觉到痛，而且发现自己还能行走，
便用游泳裤紧紧捂住了伤口，跟随人们闪避到

路旁。我撞开了一张门，有用没用先求上一句：我受伤了，请帮帮我！说完才看清面前是一老一少两个惊呆了的女人。后来我才知道，这是我一位女同学的家。她比我高一届。她肯定没想到，我们日后还有机会在同一个知青点共事多年。她肯定更没想到，她再后来移民美国，经商成功，与伙伴们天各一方，只是一份音信渺茫的模糊。

她是否还记得，她外婆找来草纸烧灰要给伤口止血时，两只手颤个不停，好几次都划不燃火柴？是否还记得包扎伤口时，她俩全身都软沓沓的使不上气力？……好容易，门外消停了，枪声和狂喊乱叫没有了。一个男声由远而近，"刚才那个伢子呢？那个受伤的……"大概是受邻居们指引，一个人敲开了房门。他瘦个头，还有点驼背，手里提一把驳壳枪，冲着我们裂开生硬的笑纹，"不好意思，刚才我们是在抓公检法那些王八蛋，妈妈的，一时枪走火，枪走火。"

他说的"公检法"，是司法系统某个群众组织，大概是他们的对头。那时正是"文攻武卫"高烧期，每个城市都闹成山头林立，你争我斗，一旦红了眼便兵戈相向。连中学生手里也少不了苏式骑53、汉阳造79、转盘帕帕夏……说实话，多是些民兵训练用的破铜烂铁，子弹也不好找。谁要是扛上一支56式半自动，那才有几分正规军模样，有脸挎出去招摇过市。大家对此其实意见不小：北京那边说"武装左派"看来也是半心半意呵，要不然好枪都去哪里了？不是被一脸又一脸假笑的解放军早早藏起来了？

接下来的事较为简单。小驼背抱上我出门，送上一辆货卡，是他和同伙刚从大街上截来的，然后一路驶向湘雅医学院附属二院。看着呼啦啦的梧桐枝叶在天空中刷过，我已开始感觉到伤口裂痛，而且知道自己还有一个弹孔，在大腿侧后，是子弹的入口。进入医院后，痛感更加猛烈的狂暴。不知什么时候，白大褂晃来晃去，一位女护士问我一些问题，爱吃什么菜，爱唱什么歌，爱玩什么游戏，是不是放过风筝或做过航模，诸如此类，莫名其妙。事后才知道她这是分散我的注意力，不让我瞥见手术台上那一大盆一大盆的血纱布，防止我大叫一声吓晕过去。据她说，手术时间稍长，是因伤口离枪口太近，火药残毒重，必须切开皮肉全面清创——这话说白了吧，"清创"就是用药纱条在一道肉沟里拉锯式的拉来扯去，就是用钳子夹上药棉团这里那里猛戳一通。

我哥来到医院，在病房走廊里找到了我——这里已人满为患，加床都差点加到厕所里去了。我哥对小驼背怒不可遏地喊："你什么人？干什么的你？你会用枪吗？你也配拿枪？你的枪口再提高一点点，他就没命了你知道吗？你今天实际上就是个未遂的杀人犯，杀人犯！谁在乎你那点水果罐头？医药费算个屁呵。他要是留下个什么，你这个家伙必须一辈子负责到底我告诉你……"

小驼背脸上红一阵白一阵，把手枪哗啦一声推上膛，狠狠地塞给对方，"那怎么办？大哥，你打我一枪。"

我哥愣住了。

"你要是还觉得亏，那就打我两枪。不过话讲在前面，我没打死他，你也不能打死我。"

大学生最终没敢接下盒子炮。

"你打呀，打呀。没关系，老子这条命反正不值钱，就是一条野狗。大哥你要是不会打，来，小弟我教你打……"

现在轮到我哥脸上红一阵白一阵了。其实，从后来的情况看，这家伙长得未老先衰，虾米背和猴公嘴不怎么周正，倒也不像个小土匪。无所事事的时候，见邻床一个老头上厕所困难，他就扶来扶去好几趟，还帮忙打饭。见病房里太燥热，他后来带上一个兄弟，不知从哪里弄来一台工厂里常见的大型排风扇，拉上临时的电线，呼呼呼送风，赢得众多大拇指。大概是同医生们混熟了，还不时有白大褂来找他，求他去救个急，帮个忙。他们都叫他"小夏"或"夏同志"或"夏如海同志"。据说他总是在脖子上挂两串手榴弹，把其中一个拧开盖拉上弦，冲到手术室那一类地方，大吼一声，两眼圆瞪，喝令小杂种们统统闭嘴，统统一边去。那些"小杂种"其实也是荷枪实弹凶巴巴的，大多比他雄壮比他伟岸，无非是看见战友伤情重，正急得抓狂，用枪口指着白大褂们，强求手术插队，强求最好大夫出来主刀什么的。在这种场合，穿鞋的怕光脚的，光脚的怕玩命的。突然冒出一个比谁都不要命的王八蛋，其他人不敢同归于尽，就只得让他三分。

好几次混乱就是这样平息了。我后来怀疑，院方让我足足住院二十多天，迟迟不放我走，其实是想把他这个维稳积极因素多留下几天。想想也好笑，要放在平时，就凭他的虾米背，满嘴"鳖"呀"卵"的流子腔，大夫们哪能拿正眼瞧他？科班出身的正人君子们，餐前都要肥皂洗手的，周末都要上公园赏花的，笔下总是拉丁字母龙飞凤舞的，别说没工夫对他和颜悦色，恐怕还要严加提防。不过此一时也彼一时也，鸡毛飞上天了。既然只有他愿意平乱，能够平乱，那就成了革命医务人员的主心骨，德才兼备的好同志。即便一条颈根总是没洗清爽似的，能算事么。

肯定是接受了太多热情信任，听取过白大褂的诉苦和建议，小驼背同志心情大好，索性再叫来几个兄弟，统一挂上"青年近卫军"的红袖章，在大门口吆三喝四地设岗值勤。他指挥就医者们排队，顺便督察一下环境卫生工作，教训一下叫卖的小贩，忙得浑身汗臭。如果让他再忙下去，人民英雄人民爱，人民军队爱人民，他可能就得嘘寒问暖成天说上普通话了。

这些日子里，我的心情却一直坍塌式消沉。文艺界男女们常来慰问战斗英雄，又唱又跳，又献花又鼓掌。其实英雄在哪里？在这个被临时征用为专收武斗伤员的医院，一个弹片削去鼻子的菜农户，一个腹中四枪的小学生，一个炸飞了双腿的还俗和尚，一个脑袋被铁棍开了瓢的搬运工，还有太平间蒙尸白布下露出的一缕黑发或一双赤脚……看得我心惊肉跳。这就是"路线斗争"呵？明明是开屠坊、摆肉摊么。手术室里日夜灯火通明，白大褂们匆匆来去，那么多人被呼啸的钢铁剪裁成模糊血肉，号叫的号叫，失禁的失禁，完全是一片战祸景象——这就是"继续革命"的丰硕成果？邻床的一个眼镜鬼，参加过省会长沙三十多个造反派组织的聚义兴兵，前去"解放湘潭"什么的。但大家一窝蜂真到了前线，一个叫易家湾的地方，没人指挥，连饭也没人管，各人自己找地方趴着和躺着。几个首长模样的人挂上望远镜，带上随员和步话机，乘坐军用吉普窜来窜去，雄才大略胸有成竹的范儿，让大家眼巴巴引颈期待，但等到天黑也没见下文……只好一窝蜂又纷纷散了。"贼养的，就算是耍猴戏也不能饿肚子吧，去地里挖红薯算什么事？"

我这才看到了报纸和庆典以外的世界。

一年多后，全国的无政府状态终于大体结束。我离开学校和城市，成了湖南省汨罗县某茶场的一名下乡知青。新生活倒是太安静了，只有日复一日的腰酸背痛，两头不见天的摸黑出工和摸黑收工。无穷无尽的垦荒、耕耘、除草、下肥、收割、排渍、焚烧秸秆，让我们体力严重透支，被岁月抽空了和熬干了，只剩一个个影子在地上晃荡。就像我多年后在一本小说里说过的，"烈日当空之际，人们都是烧烤状态，半灼伤状态，汗流滚滚越过眉毛直刺眼球，很快就淹没黑溜溜的全身，在裤脚和衣角那些地方下泄如注，在风吹和日晒之下凝成一层层盐粉，给衣服绘出里三圈外三圈的各种白色图案。"

对于我们这些产盐大户来说，"文革"已

恍若隔世，同汉武帝、武则天、北洋军阀那些故事差不多。如果说它还略有遗迹，还略有余温，那也不过是断断续续的小麻烦偶尔来扰，让人一点也爽不起来。有干部从城里来，调查是否有知青还私藏什么军品，谢天谢地，与我没关系。又有干部从城里来，调查是否有知青离校前顺走了公家的篮球、哑铃、球衣、手风琴，谢天谢地，还是与我没关系。更多的调查和清算与全国大串联有关。比如在各地红卫兵接待站借过钱的，借过棉衣的，眼下都得秋后算账。我的室友黄某，早就丢失了学生证，但眼下无论他如何强辩，那个别人冒用了的学生证，牵涉到三笔共十五元巨款，最终得由他全数补缴，一点折扣也不给。好在他也揩过国家的油，算是没输光，不至于冤屈得撞墙和喷血。据他说，他的骗乘术很简单，想到什么地方去耍，就先学几句那里的方言，然后求告火车站长一类，伪装成途中惨遇小偷的苦命游子，求一个回家的机会。对方听他的外地方言，有时信以为真，心一软，就放过了。只是有一次他撞上克星。对方居然心细如发，硬是找来了一个上海乘客，核查他的上海话，哪怕他紧急改口称自己是上海郊区的，是郊区的外来户，也没法骗过人家那一对高精度的上海原装耳朵。

人们没把他一把揪去派出所，已是他后来的大幸。

这一天，又一位警察从长途大巴下来走进了茶场。接下来，场长阴沉着一张脸，不找张三也不找李四，径直走向我，吓得我胸口乱跳，暗想出来混终归是要还的，肯定是伪造印章那些事败露了。

"你认识海司令？"警察问。

"谁？"

"夏如海，就是开枪打过你的人。"

我松了口气，这才想起是有过这么回事，是有过这样一个人，只是去年已经太遥远，好几个朝代都过去了吧。

接下来的询问大概有这些：

他同你有什么仇？或者同你家人有什么仇？是什么原因，他要在大街上对你横加伤害？

他打伤你以后没有逃逸吗？没有推诿吗？你后来是怎样找到他的？

你的伤情怎样？骨骼、神经、脏器有过什么问题？对现在的劳动和生活有什么影响？你做过全面体检吗？

作为受害者，你为什么到现在也没求助政府？没有追究这种人身伤害的犯罪？他是否对你或者对你家人有过恐吓和威胁？

在你与他接触的过程中，你是否发现过他还做过别的坏事？比方是否还有过其他开枪致伤、致命的情节？是否有过持枪抢劫、勒索、报复、耍流氓的行为？你仔细想想，他是否穿戴过来历不明的手表、皮鞋、金戒指？

……

感谢警察叔叔，一旦重返岗位，重整天下山河，就对我如此关心。不过事情是这样的……这么说吧，这么说吧，当时世道很乱，坏人不少，但大多不像是他说的那种坏法。即便是在收枪禁令之前，弟兄们舞枪弄棒，但除了一个图书馆被盗，学校附近的银行、邮局、粮店、商店、饭店、肉店、冷饮店等倒是一直安然无恙，连捡个钱包也是要争相上交的，谁窝藏谁找死呵。是不是？也许小蟊贼都死绝了。更可能的原因是，他们怕警察，更怕业余警察，无非是怕那些革命群众管起闲事来不讲规矩，动不动就拳脚相加，枪口一下子顶到你脑门上。枪手们还到火车站义务搬运过援越物资呢。

我这样说的意思不是要隐瞒什么，只是觉得对方有点想当然，调查方向有点偏。看来，他在小本上记录下一堆困惑，在这里只看到一条不甚给力的伤疤，没发现轮椅或拐杖，更没发现导尿瓶，大概觉得这一次长途奔波有些不值。在他一再启发之下，我搜肠刮肚，努力配合，总算梳理出小驼背的一些劣迹，比如用手榴弹炸过鱼，用扑克牌赢过散装烟，还居然要让我享受美好人生，哄着我抽下了此生第一支烟，结果半支下来我就天旋地转，差一点栽倒在厕所……但我没法说下去，因为我发现胖警察脚下已有真真切切三四个烟头，手指头上还有焦黄的熏痕。

"大叔，对不起，我不是说你抽烟不好……"

"没关系，没关系。"

"你平时……不打扑克吧？"

"打又怎么啦？中央文件规定了不准打扑克吗？正常娱乐生活还是要的吧，年轻人要活泼一点，快乐一点，率性一点嘛，也没什么不对呵。"

"那是，那是。"

警察当天就返程了。知青们发现我这一次轻松过堂，既没缴钱也没被扣粮，多少有些嫉妒。

我没料到的是，这事还远未结束。如果我没记错的话，大概是四年后，我被调去全县围湖造堤会战指挥部刻印工地小报，有一天去食堂吃饭，见一个陌生女子守在食堂大棚的门口，一见小伙子模样的，就上前欠身盘问，是不是知青，有没有人姓韩。她眼睛大大的，鼻尖冻得透红，一件红花棉袄裹住了丰丰满满的少女青春，但辫梢和袖口都积有泥点，大概在哪里摔倒过。

她最后筛出了我，冲着我两眼睁大，上上下下好一阵打量，捂住嘴突然哭了。"天呵，天呵你就是……"

出入大棚的民工们吓了一跳，一个个探头探脑的，交头接耳，看看她又看看我，大概在猜想这里的故事，猜想我在故事里的勾当。

我做什么了？

我没被她认错吧？

（如果是电影，此处应该有音乐，大提琴声轰然迸发弦惊天外的那种。）事后才知道，她就是夏如海的妹妹，一个多月来她找我实在找得太苦了，太苦了。她大海捞针般地要找到一个毕业于"长沙市第七中学"的"韩"姓学生，是因为法院军管会判决书上只留下了这一点信息。她先找到学校，找到毕业生下乡的去向（有南北共三个县），又找遍了这个县的七个公社（若干韩姓学生如此分布），但知青情况变化很大，招工的、升学的、病退的、流浪出走的、转点投亲靠友的……有时一动就跨县和跨省，造成线索七零八落，忽断忽续，常常是似有却无。现在，老天爷呀老天爷呀总算开眼了，她死死揪住我这最后一线光明，再也不能松手，再也不能遗失。她发现这个"韩"果然活得好端端的，就像她哥说的一样，不可能"残废"——这是判决书的关键词之一，所列罪状的重要一条。

她苦命的哥就是因这一纸判决，入狱服刑

二十年。这事显然与他的"劳教"前科有关，与他后来公然报复"公检法"人员有关。仇恨激发仇恨。碰到这种竟敢反攻倒算的人渣，警方岂能不重拳打击？不难想象，如果当时有法律体系，有律师、公开庭审、辩护制度什么的，案情的夸张现象也许能得到较多避免，但事情可惜不是那样。一个新的未来还相当遥远——以至数年后"律师"还是一个颇为陌生的新词。在我所在的那个县，谁都不愿当"律师"，谁也不愿同嫌犯们共裤连裆。据说无奈之下，第一个"律师"还是县长强令指派的，不过那大学生的出庭辩护竟然通篇是骂，完全是针对被告的大批判，比检控一方还骂得振振有词，让很多人哭笑不得……这是后话。

当然，若往细里说，夏如海一案还与他的家庭有关。据他妹后来说，她与他其实既不同父，也不同母，是因父母再婚才有了兄妹关系的。不知为什么，后母与夏家哥哥总是隔，总是犯冲，总是闹成斗鸡眼，只有小妹觉得新添一个哥哥的日子倒也不错。她喜欢夏家哥哥爬树和翻墙的身手，喜欢他的弹弓枪和蟋蟀罐，更享受出门在外时一个男孩的保护。她哥对后母直呼其名"周秀娟""周秀娟",甚至让她觉得有趣。上学以后,妈只给她的白面糖包子,她总是偷偷给哥留一半。妈只给她送来的雨伞,她也总是撑到哥的教室前,等哥放学后一同遮雨回家。有一天大风大雨,哥一整天没回来。她撑开雨伞出门寻找,找呵找,最后才在垃圾站找到了一个熟悉人影,跪在蚊蝇乱飞的垃圾堆里,胸中紧抱一团什么。她一看就明白,肯定是妈又同哥吵了,肯定是妈把哥轰出门以后,气得摔东打西,把所有戳眼的东西都扔了出去——其中有一只旧枕头。这是另一个母亲的枕头,是她儿子最后一件偷偷摸摸的收藏。他可以不要弹弓枪和蟋蟀罐,不要课本和书包,但他就是舍不下这只枕头,枕头上一点点熟悉的气息。

她看见哥手上有一些血口子。他在恶臭熏天的垃圾坑里扒开烂菜叶,扒开西瓜皮,扒开血淋淋的鱼鳃片,扒开破罐子和碎玻璃,扒开了五光十色的尿片药渣煤灰废纸死老鼠,最后抱紧一只脏兮兮的枕头泪流满面。

她也哭了。

"哥……回家吧。"

"滚！"

"哥……"

"滚不滚？老子不是你哥！"

"你背过我了，你背过我的……"这意思是她要证明哥哥的身份。

"扣子婆，你今天想死是吧？"

夏家哥哥大概想用狂骂掩盖自己丢人现眼的哭泣，但骂着骂着，一张脸更加扭曲，更加稀里哗啦了。就是在这个夜晚，他抹干妹妹的泪水，有点弥补的意思，然后咬咬牙，说他爸是个酒鬼，早就不要他了。后母更是把他当眼中刺。其实他早就要远走高飞，闯荡江湖，去武当山或南华山，但他怕自己一旦离开，哪一天他亲妈回来了，就找不到他了。他没有办法，只能赖在这里等。

他狠狠地说，妈还会来看他的，来接他的。事实上，他不久前就听到过她的咳嗽声，等他跳下床，冲出门去，深夜的小巷里已寂静无人。但他伸出鼻子嗅一嗅，路灯下分明有一丝熟悉的气息，正是旧枕头上的那种。

扣子婆听不大懂，也不愿听懂，只是哭。

现在我已知道她的大名叫夏小梅。她后来在来信中说，这些年她深深自责的是，她的同情不但于事无补，反而加重了母亲对她哥的愤怒，甚至恐惧和狂乱。"这个吃枪弹的，挨千刀的，果然是人小鬼大，花招诡计还不少呢，敢在我家扣子婆身上动心思了。你一只癞蛤蟆也不自己照一照尿桶？……"想象力丰富的后母决不相信自己保护不了女儿，最终使出撒手锏。这时，街道上正巧发生了脚踏车连环盗窃案，被查出来是几个小屁孩所为。后母居然逼着酒鬼丈夫随行，一同去了派出所，给所长送了两瓶酒，不知如何交涉了一番，终于举报成功，把夏如海做进了这个案子——而且是主犯之一。"劳教"三年的胜利成果一举搞定。派出所还把一面"大义灭亲"的大红锦旗送来了夏家。

那个派出所长，就是小驼背后来在大街上提着驳壳枪要抓捕的"公检法"一员。夏小梅为申诉取证，当然也找过他。那所长似乎也另有苦水，比如曾被"青年近卫军"那些家伙拘禁，在批斗会上一头扎下台子，摔出了一个严重腰脊损伤，后来走到哪里都要带上一个垫腰的大枕头。他承认，当初的"运动式"办案么，可能有点匆忙，但他面对的是嫌犯父母，是人家气壮如牛的大义灭亲嫉恶如仇赤胆忠心，他能怎么样？如果说他们是作了伪证，世上哪见过这种虎毒偏要食子的天方夜谭？他怎么知道对方提供的赃物、赃款、证词后面，还有什么家庭恩怨的狗屁隐情？……更可笑的是那个老酒鬼，当初把儿子往死里整的是他，一转身鸣冤叫屈找政府要儿子的也是他，他把人民公安当猴耍呵？

大体情况就是这样。

其实这不过是依托夏小梅的述说，一种情境化还原的大体想象。很抱歉，我不能保证这种想象有多靠谱，不能保证上述细节和引言都是还原如实。由于所知有限，我也不能保证这些就是情境的全部，比如这里未能涉及小驼背的其他案情，也没留下他父亲和后母的视角——这就像古往今来太多大义凛然的叙事，一些有控无辩的隐形法庭，没给机会让其他当事人开口。

但无论如何，我从未"残废"——这毕竟是事实。证明这一点至少是我该做的。

奇怪的是，自最后一封来信告知申诉得到受理的喜讯之后，夏小梅却突然失联。我给她提供过书面证词，承诺自己可随时出庭作证，而且一直关心她申诉的进展。她似乎没有任何理由消失无踪。一年后的某日，我路过长沙一家国营棉纺厂，被厂牌扎了一下眼，突然想到哎哎哎这不正是夏小梅的通信地址吗？架不住往事涌上心头，我决意进去试试。车间不让外人进入。经传达室一位老头通报，一个工帽和工装上都沾有棉絮的女工，戴着大口罩迟迟才出来见我。她说夏小梅数月前已经辞职，去了哪里大家都不知道。

我只得快快地离开。

到底发生了什么？为什么她千辛万苦找到我以后却不辞而别，如同从未出现过，连一句半句的解释都不给？……这个没有结局的故事，本身就是结局了。生活中充满太多有头无尾或有尾无头的碎片，不像小说那样完整。

在这里，我很不愿意说起另一个故事，不愿意尝试一次次心中闪过的猜测和链接。当然，说也无妨，没什么大不了的。事情是这样，1978 年前后，我的一些朋友陆续获得平反，走出了大墙，不免有时会说起一些墙那边的见闻。忘了是谁说过的一次袭警风波，让我一直没法忘记，忍不住一次次进入情境还原：一件 313 号囚衣。一个身穿 313 号囚衣的小瘦子。一个身穿 313 号囚衣的小瘦子缓缓捡起地上一块小瓷片。有人说这家伙一直不服判，不知被狱警罚晒多少次，在烈日下晒晕过多少次，结下了梁子。又有人说某狱警调戏和辱骂过他妹，一位前来探视的姑娘，让他两眼充血怒不可遏，口口声声要杀人。这些说法都闪闪烁烁难辨虚实。但不管怎么说，狱警们嗅出了危险，对他一度大镣重铐，严加管控，看这只死老鼠还能翻天。果然，死老鼠服软了，好一段活得蔫头蔫脑无声无息，直到那一天去审讯室。他惺惺忪忪地走到半途突然不动了，只是低头看脚，原来小腿不知何时破皮流血，染红了脚镣和破胶鞋。值班狱警骂不动他，也没找到什么帮手，大概觉得血淋淋的画面也刺眼，便去给他开锁解镣，准备带他先去医务室。没料到，就在那一刻，在当事人后来无法清晰回忆的那一刻，一尊沉睡的石头醒了，醒过来了，于眼缝间偷偷泄出一线凶光，突然哗啦啦集聚全身每一个细胞每一根毛发的力量，以泰山压顶之势高举重铐，朝下方那一个后脑勺哗啦啦——恰好砸中那个脑袋。

事情很明显，血迹不过是他的一个圈套，一个诱饵，是他精密计划的关键环节。一块小瓷片造成的流血，足以让他实现最佳角度和最佳距离的打击。

"发癫子——你也有今天呵——"他大声爆出对手的绰号。

"发癫子你这坨臭狗屎——"

"你只配给老子舔胯！你舔呵，舔呵，舔呵！今天你舔过瘾了吧哈哈哈哈——"

……

他是一个得胜回朝的大王，扯歪了一张脸，把狂喜和骄傲宣告四面八方，等待臣民们欢呼的排浪。但四周的监房只是死一般冷寂，好半天还是这样，连一片枯叶飘落的声音仿佛也能听到。

可惜，当天有陌生面孔在审讯室等待他。两位奉命前来的法院干部，正准备对他的案情重新审理。人们后来说，如果法院的人早来那么一天，如果当班警员不是他那个对头，如果他戴的也不是那种重铐，如果他忍过初一再忍忍十五，下手不那么狠，或下手适可而止，没在后脑勺上砸出白浆子……事情就可能是另外一篇了。眼下，白浆子已经出来了，不可能在镜头回放时收缩回去，再多的"如果"都变得毫无意义。

他最终被加刑重判，死刑。

食堂照例是下半夜提早做饭，黑暗中传来嘀嘀哒哒的切菜声。为了尽可能避免扰邻生乱，武装警察总是谨慎行事，确保在天亮前悄悄提人，还得安排死囚"上路"前的一顿稍微吃得好点。这样，下半夜的监狱食堂总是让人不安，一有动静就让很多囚犯竖起双耳。一群鼹鼠捕捉风声时就是这样子。

我前面说过，我不太愿意想象这一个情境，不愿意说到这一个早晨。尽管两个故事之间有几分暗合，我说的夏如海却不应该也不至于是这个倒霉的313。恰恰相反，几十年过去，他可能眼下还活得好好的，比如在某个工厂退了休，鼻梁上架一副深度老花镜，背着手的小驼背在街上闲逛，看老街坊下棋或打牌，跟在那些广场舞大妈们后面，耸肩撅臀地比划两下子。他身边应该有一条狗，有一个总是泡上浓茶的保温壶，还有夕阳里江面上一片灿烂的光波，南方深广无际的秋天。

很可能的是，他仍住在那条小巷，那个电线杆旁边的红墙小屋。大概是把一个地址住久了，习惯了，就不想离开了。儿子去年给他一沓票子，说什么年月了，把房子翻修一下吧，他也支支吾吾一直没动手。

夏小梅，事情是这样吗？夏小梅，如果你看到我这一篇文章，请理解我没有采用你和你家人的实名，但相信你不难从中读出熟悉的往事，不难知道我在说什么。你肯定没有忘记那一切。如果你愿意，如果你没有特别的障碍，你可以通过杂志编辑部联系我，告诉我你失联后的故事，告诉我你哥眼下或许就是我说的这样。

你是否还会继续保持沉默？

图书在版编目（CIP）数据

报告政府/韩少功著.-上海：上海文艺出版社.2017.4

（小文艺·口袋文库）

ISBN 978-7-5321-6246-8

Ⅰ.①报… Ⅱ.①韩… Ⅲ.①中篇小说－小说集－中国－当代

Ⅳ.①I247.5

中国版本图书馆CIP数据核字（2017）第047675号

发 行 人：陈　征

出 版 人：谢　锦

责任编辑：李　霞

封面设计：钱　祯

书　　名：报告政府

作　　者：韩少功

出　　版：上海世纪出版集团　　上海文艺出版社

地　　址：上海绍兴路7号　200020

发　　行：上海世纪出版股份有限公司发行中心发行

　　　　　上海福建中路193号　200001　www.ewen.co

印　　刷：山东临沂新华印刷物流集团有限责任公司

开　　本：760×1000　1/32

印　　张：5.75

插　　页：2

字　　数：77,000

印　　次：2017年4月第1版　2017年4月第1次印刷

I S B N：978-7-5321-6246-8/I.4984

定　　价：25.00元

告 读 者：如发现本书有质量问题请与印刷厂质量科联系　T：0539-2925888

小说